物理视角读唐诗

曹则贤 著

上海科技教育出版社

La physique est à la poésie ce que l'anatomie est à la peinture: elle ne doit pas s'y faire trop sentir; mais, revêtue des grâces de la fiction, elle y joint le charme de la verité.
——Jean-François Marmontel, 1723—1799

物理之于诗歌如同解剖学之于绘画：她不应该在诗歌中被察觉到，不过据信她可以为诗歌增添真实的魅力。
——让-弗朗索瓦·马蒙特

Mensus eram coelos, nunc terrae metior umbras.
Mens coelestis erat, corporis umbra iacet.
——Johannes Kepler, 1571—1630

我曾度量天空,今测大地之影;
心属苍穹,身归于地。
——约翰内斯·开普勒

如切如磋，如琢如磨。

——《诗经·卫风·淇奥》

冯翼惟象,何以识之?

——屈原《天问》

目录

作者序 / i

引子　　杜甫诗与物理 / 1
　　　　物理，自然

之一　　王维《使至塞上》/ 5
　　　　大漠-孤-烟-直，重力，聚能效应

之二　　李白《古朗月行》/ 9
　　　　月，蚀，朗博发射体

之三　　虞世南《蝉》/ 13
　　　　流，天线，声波

之四　　武则天《如意娘》/ 16
　　　　视觉，泪痕，咖啡环效应，斑图

之五　　韦庄《暴雨》/ 21
　　　　水-平，等势面

之六　　杜牧《赤壁》/ 24
　　　　铁，腐蚀，考古，摩擦学

之七　　温庭筠《商山早行》/ 27
　　　　月相，霜，水相图

之八　　施肩吾《夏雨后题青荷兰若》/ 30
　　　　水，水银，浸润，Cassie-Baxter 态

之九　　无名氏《金缕衣》/ 34
　　　　金缕衣，时间单向性

之十　　　韩愈《石鼓歌》／ 37

　　　　　　石鼓文,蝌蚪文,罗塞塔石碑,语言学

之十一　　杜甫《望岳》／ 44

　　　　　　览,成像,高观点

之十二　　白居易《暮江吟》／ 47

　　　　　　月相,凝华,光学,布鲁斯特角

之十三　　齐澣《长门怨》／ 51

　　　　　　更漏,白噪声,量子叠加,纠缠态

之十四　　王无竞《巫山》／ 55

　　　　　　电影,放电现象

之十五　　郭震《萤》／ 60

　　　　　　生物发光

之十六　　武三思《秋日于天中寺寻复礼上人》／ 63

　　　　　　归一,不二

之十七　　李颀《登首阳山谒夷齐庙》／ 66

　　　　　　孤光,倏逝波,全反射,孤波

之十八　　张说《和尹从事懋泛洞庭》／ 70

　　　　　　水－平,反射表面,等离子体频率,镜子

之十九　　刘长卿《安州道中经浐水有怀》／ 74

　　　　　　微波

之二十　　包何《赋得秤,送孟孺卿》／ 77

　　　　　　杠杆原理,度量衡,测量科学

之二十一　薛能《行路难》／ 84

　　　　　　路径,分形几何,车同轨

之二十二　张仲素《太平乐》／ 89

　　　　　　事件,时间,空间,时空

之二十三　刘长卿《齐一和尚影堂》／ 93
　　　　　虚空,生灭,粒子物理

之二十四　李益《宫怨》／ 97
　　　　　宫漏,刻度,计时,报时

之二十五　李白《月下独酌四首》之一 ／ 104
　　　　　投影,成像

之二十六　李白《登锦城散花楼》／ 106
　　　　　贵金属,化学惰性,延展性,电子态

之二十七　李白《题东谿公幽居》／ 109
　　　　　溶解,结晶,晶体生长

之二十八　李白《答裴侍御先行至石头驿以书见招,期月满泛洞庭》／ 112
　　　　　混沌,湍流

之二十九　李白《观鱼潭》／ 115
　　　　　圆波,贝塞尔函数

之三十　　常非月《咏谈容娘》／ 118
　　　　　各向同性,优化

之三十一　张谓《同诸公游云公禅寺》／ 121
　　　　　彩虹,光学

之三十二　张谓《西亭子言怀》／ 127
　　　　　投影,水声学

之三十三　张若虚《春江花月夜》／ 130
　　　　　霰-霜-雾,水成像,压砧

之三十四　高适《夜别韦司士,得城字》／ 136
　　　　　曲率,牛轭湖

之三十五　刘希夷《代悲白头翁》／ 140
　　　　　变化,不变性,变分原理,对称

之三十六　杜甫《湖城东遇孟云卿,复归刘颢宅宿,宴饮散,因为醉歌》／ 143

　　　　　表面张力,加速运动,落体

之三十七　韦应物《滁州西涧》／ 146

　　　　　稳定平衡,涨落

之三十八　贺知章《采莲曲》／ 148

　　　　　自振荡,自激励

之三十九　钱起《宴郁林观张道士房》／ 151

　　　　　迹,象,唯象理论,力学

之四十　　郭震《古剑篇》／ 155

　　　　　冶,锻炼,琉璃,合金

之四十一　白居易《钱唐湖春行》／ 159

　　　　　表面处理,复合结构,3D打印

之四十二　刘禹锡《乌衣巷》／ 164

　　　　　测量,单位制

之四十三　王维《鹿柴》／ 168

　　　　　空腔,回声

跋　／ 173

图片来源　／ 175

作者序

笔者供职于中国科学院物理研究所，平时喜欢阅读诗歌以及一些其他形式的文学作品，算得上一个非常非常喜欢诗歌的平庸科学家。一个偶然的机会，可能是我作为一个物理学工作者的习惯使然，我意识到一些打动人心的诗歌其内容必是合理的。诗歌是讲究美的文学形式，也是讲究综合性指标的文学形式，合理性应该算佳作的指标之一。好诗之为好诗的理由千差万别，但不合理的肯定不算好诗。于是，我着手用物理的视角去读唐诗，并试着把由此而来的感悟写下来，遂有了这本《物理视角读唐诗》。撰写此书时我给自己立下的宗旨是，用科学的眼光看诗歌，让诗意带上科学的色彩。

一个学物理的人谈诗歌，人们可能会感到惊讶。在我们社会的认知中，会强行把诗歌归入文科，把物理归入理科，而且认定文理之间应该是井水与河水那样的关系，两不相犯。长期以来，理科人也不敢在人前承认我们偶尔也读读诗歌。我觉得，关于这个问题有必要澄清几点。首先，诗来自生活，是一种特别自然的表达方式。在如今这个工业化了的、技术发达的时代，虽然大白话是今天口头语和文本的缺省值，但是诗词依然有强烈的感召力，每一个自然人都能感知到诗歌的感染力。若情境合适，人们也无惧从自己的口中飞出诗意的语言。也许每一个张飞、李逵的内心里都藏着一个张继或者李白。其实，李逵和李白之间能有多远的文学距离呢！今天，任何人对诗歌感兴趣都是合法的，理应受到法律的保护。第二，作为一个学物理的人，我小时候是念过几句诗的。其实，学别的专业的朋友小时候也是念过几句诗的。长大了，被生活踩躏久了，许多人就放弃了诗歌欣赏的兴致，但也有少部分人还保持着偶尔读诗的习惯。物理上，我们管这种行为叫惯性。惯性，inertia，这是伽利略-牛顿-爱因斯坦理论的主角。我们大家一定要尊重惯性，除非您是超人，能零距离刹车。我们这些不是专业文化人的成年人如果偶尔还读读诗，甚至兴致高了还胡诌几句，也不要太害羞，因为这都赖惯性。惯性，是物质的普适的性质，世间万物概莫能外。我们不是文化人，但我们可以作为文化边缘人来热爱文化，这总是可以的。我们这些不是文化人的成年人读诗写诗，这和成年人尿炕一样，说起来有点儿不好意思，但绝对都是可以原谅的。第三，我想说说物理和诗的关系。物理学本身是诗意的，好的物理学家也是满怀诗意的。如果你以为物理是枯燥的、干巴的，这要么是因为你没学到物理，要么是因为你就是看物理不顺眼就想自费贬低它。关于物理学的诗意，我说不好，大家可以抽空念个理论物理博士以后自行体会。我可以举例说说一些物理学家的诗人情怀。戴逊（Freeman Dyson, 1923—2020）、杨振宁先生（1922—　）似乎不写诗，但他们的文章也都是非常诗意的。巨擘级的物理学家，如麦克斯韦（James Clerk Maxwell, 1831—1879）、玻尔兹曼（Ludwig Boltzmann, 1844—1906）、哈密顿（William Rowan Hamilton, 1805—1865）、外尔（Hermann Weyl, 1885—1955）、薛定谔（Erwin Schrödinger, 1887—1961）等，都是不错的诗人，连海森堡（Werner Heisenberg, 1901—1976）这样拙于文笔的物理学家都写诗。哈密顿，这个每一刻都有人在书写的伟大名字[超过牛顿（Isaac Newton, 1642—1726）]，年轻时和英国著名诗人柯勒律治（Samuel Taylor Coleridge, 1772—1834）可是笔友，一辈子都在感叹他的数学和物理天赋耽误了他当诗人。外尔，一个数学全才，规范场论的创始人，其在 *The Classical Groups*（古典群）这本物理学家必读的数学书之序言中的一段诗

The gods have imposed upon my writing the yoke of a foreign tongue that was not sung at my cradle.

Was dies heissen will, weiss jeder,

Der im Traum pferdlos geritten.

征服了世界上多少自以为有文化的才子。这段诗第一句是英文(上苍给我的写作套上外语的枷锁,那不是对着我的摇篮哼唱的语言),第二句是德语(那是怎样的一种感觉,梦到自己胯下无马还一路驰骋的人啊都知道),如何信达雅地转译这首诗我就不装模作样费功夫了。这段数学家用双语创作的诗给了我很大的启发。我们的汉语,我们的汉语诗词,太美了。可是,如果不能跳出汉语用别的语言作为文化背景来看她,您还真未必能理解她有多美。推而论之,如果我们不能从不同的角度,比如以物理的视角来审视我们的诗歌,我们或许会错过很多动人心魄的作品,因为我们没能发现其之所以动人心魄的理由。以物理的视角看诗歌,可以(下意识地)注意到诗歌中表示的世界是否真实。知道诗人曾真实地观察过他努力要表达的世界,方知好诗何以为好诗。

　　唐诗之价值首先在于其体现了人类语言之优美所能达到的巅峰,其影响之所以能历经千年而不衰就在于其内蕴的美。唐诗之美,能够自然地拨动每一个中华儿女的心弦。唐诗是我们中华儿女文化基因之最独特的一段,一些广为流传的诗篇简直可以用于身份的查验。唐朝是诗歌鼎盛时期,《全唐诗》收录诗歌达五万余首。一首诗,能够"不假良史之辞,不托飞驰之势,而声名自传于后"(曹丕《典论·论文》),为此要满足的一个不可或缺的条件是"合理",即合乎自然之理。诗歌体现美学的传承与智慧的传承。诗人是明白这个道理的。杜甫的一句"物理固自然",笔者以为此可为物理这门学科的定义,应该写入我们的物理教科书。

　　诗写什么?无外乎景、情、事、理。写景要美,写情要感人,叙事要条理清楚,喻理则要见高明之处。能糅合景-情-理使之交融无痕的,那是诗人中的翘楚。不管写景、抒情还是说事儿,总归合理才好。因此,我们读诗的时候,有点理工科思维习惯未必是坏事。如果从理工科的

角度去读某些诗篇,会发现别有韵味。随手举个例子说明之。试读武则天《如意娘》:

> 看朱成碧思纷纷,憔悴支离为忆君。
> 不信比来长下泪,开箱验取石榴裙。

如果我们知道看朱成碧同光谱学和视觉有关,而且联系着我们民俗的许多方面,而泪落石榴裙则联系着咖啡环效应,是刑侦学、印刷术等技术领域的重要课题,我们就会相信武则天借助此诗所传达的情感之真切所在。一切的真实,都是合理的。

有人说读诗不要去较真,艺术玩的就是虚构,艺术的本质就是创造。然而,我不太相信那连常识都不放在眼里的虚构能有什么艺术的价值。那些能够刻入文化基因的诗作,即便是唐诗这种千年以前没有自然科学的时代的纯文字产出,也体现作者超乎寻常的观察自然的能力,令人惊叹。笔者撰写本书的一个收获是,我发现一些诗作的文学意义下的解读不着四六,而当我们用物理的眼光去解读时,会发现人家诗作里的事实、逻辑与用词都是自洽的,比如薛能的《行路难》。用物理的眼光还可以避免对唐诗的胡乱解释,尤其是今日之不事稼穑、远离生活者所给出的解释。一千多年前的唐朝诗人,他们只想着把情与景尽可能忠实而又优美地表现出来,应该没想到有一天学问还要分成理科与文科,估计他们也不太会赞同理科的人可以不会写诗,而写诗的人可以不会推导公式。唐朝的诗歌中没有数学公式,是因为那个时代没有数学公式而不是诗人或者诗歌与数学公式犯冲。数理巨擘哈密顿一辈子都在努力当个诗人,而大文豪歌德(Johann Wolfgang von Goethe,1749—1832)还是一流的科学家,这才是文化的常态。

唐诗流传至今已逾千年,今天的世界早已不是唐朝诗人眼中的世界。今天的人们看祖先的文化遗产,自然会采用先辈不曾拥有的视角。

对于唐诗这样的依然影响着我们日常语境的文化瑰宝,今天的人们从意想不到的角度去解读她也是情理之中的事儿。当我看到网上有人把"白日依山尽,黄河入海流"写成了"白 θ 依 ω 尽,黄河 λ 海流",我真为那灵光的闪现感到惊讶。作为一个物理学工作者,笔者是在不知不觉中开始用物理的眼光看待诗歌等文学作品的。用物理的视角去看唐诗,会受到物理水平和文学水平的双重局限,自然免不了有牵强附会的地方,但就算是荒唐,那也是一份对祖宗文化遗产的敬意。

物理学本身也是一种语言,与数学这门语言不同,物理是一门讲究诗意的语言。物理学家写的论文也是文章,物理学家写论文也讲究韵律与审美,也有"两句三年得"的心酸,故而物理学家与诗人间也可"心有戚戚焉"。借助本书我想向读者朋友们证明,物理的眼光看唐诗,所见更多,也会有独特的收获。千年前祖宗们创下了唐诗这份辉煌的文化瑰宝,千年后我用我粗浅的物理知识强为之解,此固未必是祖先遗产之幸,然实为在下个人之趣乐也。倘有童子六七人览此书后于中也能略窥堂奥,不亦善举哉?

本书自《全唐诗》择取明显含有同物理原理或者概念相关联的词句的唐诗共43首作为主题(实涉60余首),从物理的视角提供一个粗浅的解读,偶尔会有所引申。因为是仓促间写就,故书中留有不少的缺陷。书中提及的诗人生卒年均来自网上,可能有错,仅供参考。另外,一些诗人的生卒年不详,一些作品的归属尚有争议,这些笔者都没有能力确认。谈论诗人的作品,有时难免要引用其他诗作者的诗句以为佐证,本书中提及唐朝以外的诗作者会注明其朝代,未注明朝代的一概理解为唐朝人士。此外,书中涉及的部分诗作略去了"原文大意"这一环节,可能的原因包括原诗的意思很直白无需解释、待物理解释的句子与其他部分关系不大,以及原诗太长等。特别地,对于如张若虚的《春江花月夜》这样的作品,人人耳熟能详,哪里又用得着我来解释字面上的大意?

笔者明知自己才疏学浅,故对这本书的意义及效果不敢有任何奢望,只是偶然想到了这一出便急切地做了尝试,庶几因着态度的虔诚不至于辜负唐诗这千年前老祖宗为我们积攒的文化财富。在用物理视角读唐诗的过程中,反正我个人收获不少,对一些疑难字词章句有了合乎物理的因而我相信是正确的理解。读者朋友如果因为阅读了拙著也能自物理的视角增添一分对唐诗的理解,甚或捎带着还补充了一些物理常识,笔者将倍感荣幸!

是为序。

作者
2024年7月18日于北京

引子 杜甫诗与物理

杜甫(712—770),字子美,号少陵野老,是唐代伟大诗人之一,与李白合称"李杜"。杜甫的诗作极多,宋时有《杜工部集》,收录杜甫诗作1405首。杜甫被后世尊为"诗圣",其影响非常深远,比如他的《茅屋为秋风所破歌》因被收入当代中学语文课本而几乎为所有中国人所知晓。有人论杜甫诗,称其为"诗史",这是看到了杜甫诗作之现实主义的一面,这其中犹有史学价值的当数他的"三吏"(《新安吏》《石壕吏》《潼关吏》)与"三别"(《新婚别》《垂老别》《无家别》)。令人惊讶的是,杜甫诗作中不乏包含"物理"一词的作品,他甚至为"物理"这门学科提供了最正确的定义。

杜甫对物理的定义见于《盐井》一诗:

卤中草木白,青者官盐烟。
官作既有程,煮盐烟在川。
汲井岁榾榾(gǔ),出车日连连。
自公斗三百,转致斛六千。
君子慎止足,小人苦喧阗(tián)。
我何良叹嗟,物理固自然。

这首《盐井》描述了用木制水车从井中汲取卤水、用大锅煮盐的场景,以及后续官盐买卖中的曲折,最后引出了"我何良叹嗟,物理固自然"的感叹。食盐,学名氯化钠($NaCl$),是生命的必需品,因为生命自水中来,而水体中一般来说会溶解足够多的矿物质,特别是氯化钠。地表上的水大部分是咸的,淡水是例外。陆地上如人类这样的大型动物饮用淡水,但是又要规律地摄入盐分,其对盐的需求的优先级不亚于对食物本身的需求。滨海地区可以用海水晒盐,内陆地区则是从盐矿、盐湖获取盐。如果地下水的盐分够高,则可以凿盐井汲水煮盐——把卤水烧开让水分蒸发掉,盐就结晶出来了。这首《盐井》诗,杜甫有自注"盐井在成州长道县,有盐官故城",这应该是在今甘肃天水地区。过去由于运输能力太差,任何稍微远离盐产地的地方都缺盐,因此盐是极珍稀、极昂贵的生活物资。盐业官办,官方渠道流通的盐即是官盐;有官办就有走私,走私渠道流通的盐即是私盐。盐业是一个理解人类历史特别是有经济行为以来的演化过程的重要窗口。不管官盐、私盐,倒手就要加价,因此才有了诗中的这句"自公斗三百,转致斛六千"。以一斛五斗论,这一次倒手价格就涨到四倍之多。对这种事儿,有啥好感叹的呢,事理儿本就是这样的啊。杜甫诗中的"物理"一词,应分开作"物-理"解。物,指实在的存在,理则是指存在之间的关系、存在所遵循的原则,后者可谓之道。

盐井与煮盐

杜甫的这半句"物理固自然",笔者以为可以作为物理学这门学科的中文定义。不妨就把"物理"依中文字面理解为"存在⊕存在之道"。近代物理学来自西方,西语中的物理(意大利语的 fisica,德语的 Physik,法语的 physique,英文的 physics)都是对希腊语 φυσις 的转写。而 φυσις 恰是大自然的意思。我们现在一般把英语的 nature 翻译成"自然",这是误解,nature 一词本意与生殖、生长有关,nature 在很多地方对应我们汉语的"禀赋,天性,生来就有的特征"的意思。唐代钱起的《过瑞龙观道士》有句云"灵山含道气,物性皆自然",笔者斗胆将后半句英译为 The nature of matters is of all physics。物理学的 nature(生来的秉性)就是它囊括万物,世间一切存在都是物理学的研究对象。物理就是关于大自然的学问(我们的小学有"自然"课算歪打正着?),倘若逢人问起"什么是物理学",诸君不妨借用杜甫的诗句就回答"物理固自然"好了。

杜甫诗作中多次使用"物理"一词,他不仅提供了"物理固自然"的定义,还指出了物理学者应有的情怀以及学习、研究物理时应有的态度。杜甫在《赠郑十八贲》一诗中有"高怀见物理,识者安肯哂"句。虽然杜甫原意也许是要说"(郑贲的)高尚品格属于本性天然",但后人宁愿将之曲解为"品格高尚方得见事物之理趣"。有一副广为流传的对联"高怀见物理,和气得天真"可资为证。杜甫还为我们指明了学习物理、究问物理时的正确心态,见于其《曲江二首》之一,诗曰:

一片花飞减却春,风飘万点正愁人。
且看欲尽花经眼,莫厌伤多酒入唇。
江上小堂巢翡翠,苑边高冢卧麒麟。
细推物理须行乐,何用浮名绊此身。

落下的一片花瓣让人感到春色已减。如今风把成千上万的花瓣打落在地,真让人忧愁。没有兴致了,花却从眼前过;但是,不要因为伤痛多就厌倦喝酒了。曲江边的楼堂里有翡翠鸟作巢,帝苑边高高的坟堆前有卧放的石麒麟。仔细推究存在之理,应该有行乐的心态(别苦着脸),何必让虚名束缚自己呢!

笔者作为一个物理学工作者,因为"细推物理须行乐,何用浮名绊此身"这句而愈加佩服杜甫。杜甫的这句诗,我真心希望我们的老师们把它带进各级课堂,让广大的学子们都能体会杜甫的这种境界。追求学问、追求真理是否非要抱着行乐的态度?那大可以商榷,但是不要追求浮名绊身却是属于高境界的识见。给大家讲个有说服力的实例吧。量子论奠基人、物理学巨擘普朗克(Max Planck,1858—1947)年轻时在慕尼黑大学求学时,教授约利(Philipp von Jolly,1809—1884)对他说"干嘛学物理啊,物理没啥做的啦"。普朗克回答道:"我没想有什么成就,我就是想学会物理。""我就是想学会物理",就是这么朴素的想法,让普朗克后来成了量子论的奠基人、相对论的奠基人和统计力学的奠基人,基本物理常数中的玻尔兹曼常数k_B和普朗克常数h都是普朗克引入的。不知道晚年的普朗克会不会说"我没想有什么成就,我就想开创一个新时代!"物理学史上,卡文迪许(Henry Cavendish,1731—1810)、哈密顿、麦克斯韦以及狄拉克(P. A. M. Dirac,1902—1984)等人可以算是素心人,切实做到了"细推物理须行乐,何用浮名绊此身"。成大学问者,不乏蝇营狗苟之辈,但我相信蝇营狗苟妨碍了他们的成就。默诵杜甫的"细推物理须行乐"以及"高怀见物理",对照自己这些年来学物理、做物理时的心态,笔者感到实在惭愧,且觉得自己没学会物理这件事儿从物理上讲得通。

杜甫诗作中含有"物理"一词的还有不少。比如,《秋日寄题郑监湖上亭三首》之三"挥金应物理,拖玉岂吾身",大意是"花钱根据需求来,俺哪有拖玉腰金的身段";《述古三首》之一里有句"古时君臣合,可以物理推",这里的"可以物理推"意思应是"可以根据存在之道推知";而在《水宿遣兴奉呈群公》里的这句"我行何到此,物理直难齐",请允许我冒昧地把它解为"我怎么混到这份上了,道理说不通啊"。"可以物理推""物理直难齐",这些短句直接拿来用于当下语境也未尝不可。这几句拿来说物理有些勉强,不再赘述。

多啰嗦一句。杜甫的《夔州歌十绝句》之二有句云"英雄割据非天意,霸主并吞在物情"。物情与天意对,可理解为physical situation,这也是研究物理问题时要考虑的内容。不要小瞧了情境(situation)在物理学中的意义,当物理学沾上了analysis situs(情境分析,拓扑学的前身),那就上档次了。

之一 王维《使至塞上》

原文

单车欲问边,属国过居延。
征蓬出汉塞,归雁入胡天。
大漠孤烟直,长河落日圆。
萧关逢候骑,都护在燕然。

关键词:大漠,孤,烟,直

原文大意

诗人一行驾一辆车前往边境慰问,这天过了居延。车出了汉塞,头上的雁群眼看着就飞入胡人的地盘。大漠孤烟直,长河落日圆。在萧关遇到了等候的一彪人马,而都护府还在燕然(远着呢)。

知识补充

居延:史称遮虏障、居延泽,遗址在今内蒙古自治区阿拉善盟额济纳旗和甘肃省酒泉市金塔县境内。

征蓬:指此次出行用的有蓬的车。

萧关:陇山关,故址在今宁夏固原东南。

燕然:即今蒙古国的杭爱山。

物理解释

王维（701？—761）是一个非常独特的诗人。笔者以为，王维的诗是多维度的，其诗作是诗是画偶尔也是佛音。维度越高的存在，其内涵越是集中于其表面（试端详 n 维球的体积公式 $V_n = \dfrac{\pi^{n/2}}{(n/2)!} r^n$ 就能明白这个道理），是故王维的诗很好懂。深沉是维度少的表现。

王维的这首《使至塞上》可以说是凭着"大漠孤烟直，长河落日圆"一句封神。我相信，只要汉语还在，沙漠还在，这句诗就会还在。为什么我敢这么说呢，那是因为这首诗特别科学。

大漠里有条长河，映照着上方一轮圆圆的落日，也正常，故"长河落日圆"这半句也可说是很平淡。巧的是，茫茫的大漠中有人升起了一堆火，有烟柱直直地升起，"大漠孤烟直，长河落日圆"一起就构成了一幅壮美的画面。"大漠孤烟直"，这五个字里的内容太多，应分成四个部分，即"大漠-孤-烟-直"来解读。

主角是烟。烧柴草，会产生炭微米颗粒，颗粒尺寸（微米大小）与

长河落日圆

可见光波长很匹配,正好对阳光产生强烈的散射,让人们远远地就能看到它。烟,是烧火造成的。相比于周围的空气,烟的源头所在处温度高、压力大,烟颗粒的平均速度大,因此会向周围急速扩散。这都很好理解。但为什么烟会"直"往上呢?

先理解什么是直。我们将地球表面近似看作是球面,每一点局部上都可以看作是一个平面,那地方有一个看不见的因素规定了什么是直、什么是平。这只看不见的手就是重力。地球引起的重力在局部是完美地与平静的水面相垂直的。用线吊着一个重物,那线的走向就是此处的垂线,直直的,和此处的平静水面垂直。

在一块地上,有一个火堆作为热源,产生了烟。如果没有重力,四周的空气也是均匀的,那烟,按说就跟我们的声音似的,会呈半球状往外扩散。然而,偏偏有重力,空气压力往上方是变小的——这个现象是帕斯卡(Blaise Pascal,1623—1662)最先认识到,并求他的姐夫实验验证的。也就是说,对于烟的扩散来说,上方是突破口,它会优先向上方扩散。这个效果,与其类似的有"门罗效应",也叫"聚能效应"。19世纪的门罗(Charles E. Munroe,1849—1938)发现带有凹窝的爆炸物有聚能效应,一旦爆炸就会往一个方向上集中。打坦克的破甲弹(high-explosive anti-tank)用的就是这个原理,参见拙著《军事物理学》。有些降落伞的几何中心会有一个小孔,也是为了利用聚能效应让空气优先通过这个小孔流向上方。这个过程会强化垂直方向作为降落伞的对称轴,有利于稳定降落伞的姿态。烟往上升就是因为门罗效应。

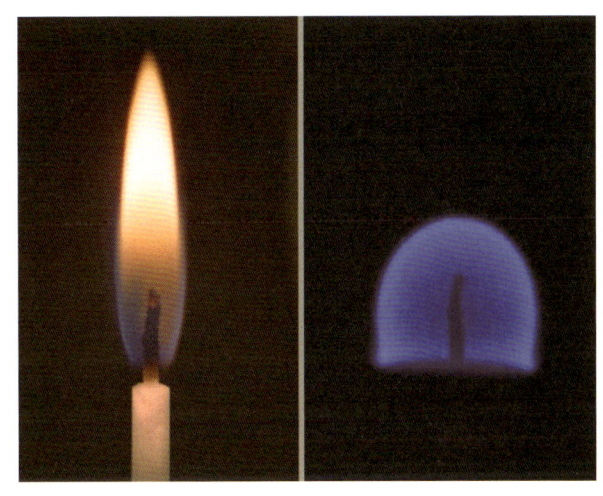

重力场中(左)与无重力环境中(右)火苗的形状

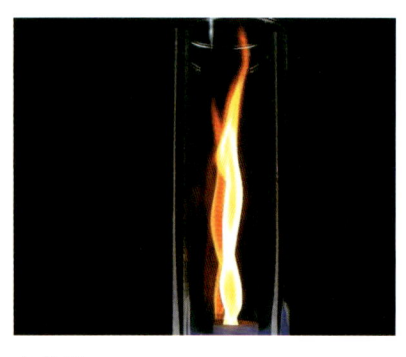
火龙卷

顺带说一句,如果没有重力,燃烧引起的烟就不是直的。我们在建设空间站之前,是要专门研究微重力下的燃烧行为的。

然而,实际的烟不是一根线,而是柱状的,这才是我们视觉上的直。这就要求围绕这个烟的空间环境是旋转对称的,就是说这个冒烟的环境要有圆柱的规范对称性(gauge symmetry)。产生这样的直烟柱需要三个条件:1)足够空旷,这由"大漠"二字体现;2)没有别的烟柱捣乱,所以有个"孤"字。要是点起了紧挨着的三个火堆,那烟柱一定是向外歪的(如果是孤立的火苗,把它用柱状壳体给围起来,上方开口下方也部分开放,则聚能效应会被强化,火苗会往上蹿起来。这可以演示火龙卷的产生)。你看,这句"大漠孤烟直"妙就妙在把该注意到的因素都注意到了。当然,还要有第3个条件,即没有风捣乱。"大漠孤烟直,长河落日圆"整个的画面就应该是个无风的景象——有风的话,空气密度不均匀,落日未必是圆的。如果有画家画这个图景,我建议把"大漠孤烟直"作为近景,"长河落日圆"作为远景,整个画面要讲究视觉平衡才好。

在这两句中,看弧状地平线外的落日,所得印象是地球是圆的,这用的是宏观的眼光;看烟,所得印象是地球是平的,这用的是局部的眼光。一个弯曲的流形(manifold),其微观局部是平的,这是微分几何的思想基础。王维的这句"大漠孤烟直,长河落日圆"每一个细节上都正确,因为它就是自然(即物理)的真实反映。我再强调一遍,好诗的第一要素是合理!

之二 李白《古朗月行》

原 文

小时不识月,呼作白玉盘。
又疑瑶台镜,飞在青云端。
仙人垂两足,桂树何团团。
白兔捣药成,问言与谁餐。
蟾蜍蚀圆影,大明夜已残。
羿昔落九乌,天人清且安。
阴精此沦惑,去去不足观。
忧来其如何,凄怆摧心肝。

关键词:月,盘,蚀,朗博发射体

原文大意

小时候不知道夜晚天空那个亮亮的东西是月亮,就管它叫白玉盘。它仿佛就是飞在天空的、来自瑶台的镜子。月中有仙人,有桂树,还有捣药不知道喂给谁的玉兔。蟾蜍把月亮啃去了一块,夜也显得晦暗了。当年后羿用箭射下了太阳(三足乌)十中之九,天上和人间才算安宁了。月亮也沉沦了,没啥看的。忧愁事儿不能想,想起来伤心。

外一首

沈佺期
《古镜》

莓苔翳清池，虾蟆蚀明月。
埋落今如此，照心未尝歇。
愿垂拂拭恩，为君鉴玄发。

关键词：蚀，鉴

物理解释

李白（701—762）的这首诗，主角是月亮，但也提及了太阳（乌），当然他是用地球的视角叙事的。这提醒了我们一个长时间未必认识到的事实，大地不足以构成我们的家园，是日-地-月这个三体体系才构成了我们的家园。笔者自从有了这个认识，再加上对这个三体体系各方面的定量认识，实在是感叹造物的神奇。太阳为大地源源不断地送来广谱的辐射能量（峰位约在波长 500 nm 处），这是大地上一切活动的原初驱动力。大地绕太阳公转，同时还自转。大地自转一圈就经历一次太阳光照的有无循环，即一个明暗周期，算一日（计数一个太阳，一天）。在没有阳光照到的时刻，大地上是非常黑暗的。从前的农业社会没有夜间照明，那个黎明前的黑暗（有同名电影）是伸手不

日-地-月三体体系

见五指,就是你把手放到自己的眼前也看不见。这不是夸张而是现实。可以想象一下,如果一天中有几个小时黑暗到伸手不见五指的程度,这日子得有多难熬。所幸,大地有个卫星,即月(月球)。我们汉语管它叫月亮,仿佛它也是个发光体。如今我们知道,月亮不是个发光体,它只是反射太阳的光到地球上,这让大地上的暗夜不是那么难以忍受。事实上,由于月亮提供了足够明亮但显然比阳光柔和得多的照明,月光是迷人的、浪漫的。

太阳,大地以及月亮,是三维空间里分立的存在,是各向同性的存在,因此它们都是球形的(大地稍微偏离了球形应该是因为自转外加被太阳引力给扭曲的)。现在,我们采用地球、月球的说法谈论问题。月亮,一个球体,它反射来自太阳的平行光,它怎么看起来是个圆盘呢?一个球,它的方程是 $x^2+y^2+z^2 \leq R^2$,而圆盘的方程是 $x^2+y^2 \leq R^2$,这两者不是一回事儿。差着维度呢!

1760 年,瑞士物理学家朗博(Jean-Henri Lambert,1728—1777)在 Photometria(光的度量)一书中提出了漫反射的概念。漫反射表面从各个方向上看,其亮度是一样的。物理学上发射黑体辐射的黑体,暂且就把它设想为一个封闭的、熏得黑乎乎的炉腔,就是朗博发射体,来自其表面的辐射从各个方向上看亮度都是一样的。月亮是个球体,这个反光的球体看起来是个圆盘,那是因为它也可以近似看作是个朗博发射体。

朗博发射体的辐射遵从朗博余弦定律(Lambert cosine law)。来自理想漫反射表面的辐射,其在与法线成 θ 角的方向上在立体角 $d\Omega$ 内的能流为 $I\cos\theta d\Omega d\sigma$,其中

小时不识月,呼作白玉盘

$d\sigma$为发射体上的面积元。从观察者的角度看,设想观察者通过一个面积元为$d\sigma_0$的孔径进行观察,则发射体面积元$d\sigma$所张的空间角为$\cos\theta d\Omega_0$,则观察者观察到的发射表面的亮度为$I\dfrac{\cos\theta d\Omega d\sigma}{\cos\theta d\Omega_0 d\sigma_0}=I\dfrac{d\Omega d\sigma}{d\Omega_0 d\sigma_0}$,与方向参数$\theta$无关。也就是说,在任何方向上看到的亮度都一样。结果就是一个作为朗博发射体的球在给定方向上的投影是圆盘,一个亮度均匀的圆盘。

月亮看起来是个白玉盘,前提是被太阳全面照射。根据太阳–地球–月亮的相对位置,月亮被太阳照亮且被地球上同一地区的人看到的部分会经历周期性变化,周期为阴历(月历)一个月(约29.5天),这就是所谓的月相(phase of moon, lunar phase)。月亮部分被遮挡,就没有圆影了,据说是被(月中的)蟾蜍给啃了,故有"蟾蜍蚀圆影"的说法。沈佺期的说法是"虾蟆蚀明月"。在特殊的太阳–地球–月亮构型中,月亮相对于太阳被地球全面遮挡,会发生月食(月蚀,eclipse)现象。我国古代对月蚀现象的另一个解释是"天狗吃月",当然天狗还会把月亮给吐出来。

有趣的是,在英语中日蚀、月蚀的蚀是eclipse。同圆轨道偏离一点点的是椭圆轨道,英语是ellipse。对的,如你所想,eclipse和ellipse是同源词,意思是"欠缺一点"。月亮的圆盘面被啃了一块,汉语用"蚀"或者"食",那可不就欠缺了一点嘛。圆轨道被认为是完美的几何图形(地球绕太阳的轨道就几乎是一个圆,就算是巧合吧),偏心率为$e=0$。椭圆的偏心率$0<e<1$,它和抛物线(parabola,字面意思是说得得体、刚刚好,偏心率为$e=1$)相比就差一点儿。如果还提及双曲线(hyperbola,字面意思是说得有点儿过,偏心率$e>1$),就更能理解椭圆是欠缺一点儿的意思了,它和蚀(被啃了一口)是同病相怜。

大地上由地球外加太阳和月亮所形成的环境产生了生命,当然这环境不是专为生命的出现而准备的。地球上的很多自然环境是让生命觉得很不自在的。比如,烈日与高温有时候就让人难以忍受。于是,在炎炎酷日下,大约人们为了安慰自己,就想象从前也许日照更让人难以忍受呢。于是有传说从前天上有十个太阳,幸亏后羿用箭给射下了九个。剩下这一个,虽然还是有时候晒得人直冒烟,但似乎没有太阳也不行,那就忍着点吧。忽然想到,如果地球的温室效应持续下去,不妨把地球公转轨道往外扒拉一点,平均温度下调个两度说不定会很舒服。

之三 虞世南《蝉》

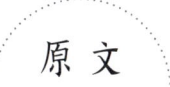

垂緌(ruí)饮清露,流响出疏桐。
居高声自远,非是藉秋风。

关键词:緌,流,疏,高

原文大意

蝉低垂着触须,啜饮清露。它的叫声从稀疏的桐树叶子中间传出。它趴在高处,声音自然传出去很远,这可不是凭借秋风才有的效果。

物理解释

作者虞世南(558—638)享年80,这在唐代绝对是高寿。他一生经历过南北朝、隋、唐的乱世,最终跻身大唐凌烟阁二十四功臣,也算是各方面都达致"高"境界的人物。这首五言绝句,借写实说理以抒怀,可解释为自夸、辩解或者励志,历来为诗评家所赞赏。清人李锳谓"咏物诗固须确切此物,尤贵遗貌得神,然必有命意寄托之处,方得诗人风旨",实属中肯。

这首五绝,寥寥20字,却包含着丰富的科学内容。緌,古时帽带打结后下垂的部分,垂緌,这里是说蝉垂下触须、低下头。有趣的是,蝉这类昆虫的触须、触角,英文为antenna,来自拉丁语,本意是桅杆。1887—1888年人类学会了产生电磁波,1902年antenna被用来表示产生电磁波的电路矗立在空中的那部分,因其酷似桅杆的形象而得名,现在我们就把antenna理解为"aerial wire",即"天线"。有趣的是,昆虫的触须和无线电设备的天线有相同的功能,就是感知外部的振荡,只不过昆虫触须感知的是声音这类的力学振荡,而天线感知的是电磁振荡。蝉发出叫声,流响出疏桐,即从稀疏的桐树叶子(油桐、泡桐、紫桐,不管是什么桐树,反正都是阔叶)中间流出响声。这里的"流"和"疏"是关键词。声音是空气的密度波,声音的传播可以理解为振动的流,"流"字用得好。物理学最重要的方程本质上都是流的方程。有一句名言,πάντα ρεῖ,万物皆流!理解了这句话,就能理解一半的物理。传播振动的介质,比如传播声音或者光的空气、玻璃等,也会用疏密来表征其特性,比如我们会把相对折射率较大的介质称为光密介质,相对折射率较小的介质称为光疏介质。人能听见的声波频率在20—20 000 Hz之间,蝉的声音偏高频,就以2000 Hz算,而地表空气中声波的波速约为340 m/s,故蝉声的波长估计在17 cm左右,而桐树,尤其是泡桐,叶子差不多就是这么大。如果叶子密的话,那声音可能真会受到阻碍。对于波长更短的可见光,那就更需要树叶稀疏了,故而有北宋苏轼《卜算子·黄州定慧院寓居作》里的"缺月挂疏桐,漏断人初静"这样的描述。我猜测作者虞世南是关注到了蝉声受桐树叶子散射造成的声音强弱不齐的现象——声音干涉、绕射的现象。宋华《蝉鸣一篇五章》也有"蝉其鸣矣,于彼疏桐"的说法。可以说,这个"疏"字用得好。"居高声自远"是关键的、富含科学的那半句。空旷的空间里,从一点发出的波,是球波(spherical wave,中文将之错误地翻译成了球面波),充满从声源到最外面的波前(wave front)所占据的球体中。如果声源是在一个平面上,那声音占据的空间就是从声源到最外面的波前的半球。然而,地面并不是简单的平面,会有各种障碍物,比如小山包、房屋、树丛,都比蝉的声波波长大,都能阻碍声音的传播。波源离地面越高,就越不会受那些障碍物的阻挡,传播得就越远。"居高声自远,非是藉秋风",在高处发声,声音自然会传到远处,这可不是靠秋风帮忙呃。虞世南这首诗当然是借物喻事的,是想说"我水平高所以名声才远播四方,可不是靠外力帮忙得来的!"。由此可以判断,这应该是一首老年人才写出的诗,此人有一定的水平还遭人非议,才有这种感慨。虞世南这首诗是在李世民即位以后写的。李世民于626年即位,那一年虞世南68岁,这些事实与此诗的寓意就对上了。

在唐朝那个年代,想靠把声源挪到高处从而让声音传得远,大不了爬到山顶上去振臂一呼,其实效果也有限。近代人类发明了电磁波,为了把电磁波传到更远的地方(大地是球形的,自己就形成了对电磁波的遮挡),没少在antenna(矮,天线)的设计上下功夫。另一个策略是把电磁波向天空发射,让天上的电离层把电磁波反射到远处。虽然电磁波因此传播得远是远了一些,但是这策略白天不太好使,夜晚效果才佳。今天我们干脆把通讯卫星发到天上作为信号中转站或源头,真正做到了"居高声自远",都实现信号的地球全覆盖了。

Antenna: 触角与天线

之四 武则天《如意娘》

原文

看朱成碧思纷纷,憔悴支离为忆君。
不信比来长下泪,开箱验取石榴裙。

关键词:朱,碧,泪

原文大意

魂不守舍,红色的东西都能看成绿色的;人憔悴,思绪也是支离破碎的,都是因为想你。你要是不相信我这一直以来老是为你流泪,那我就打开箱子,拿出石榴裙给你看看上面的泪痕。

知识补充

武则天(624—705)14岁入皇宫,为唐太宗才人,唐太宗驾崩后入感业寺为尼,655年成为唐高宗朝的皇后,在唐中宗、唐睿宗朝以皇太后身份临朝称制。690年,武则天自称"圣神皇帝",建立武周,定都洛阳。武则天在感业寺为尼时(公元649年农历五月到公元651年农历三月),于入寺第二年与唐高宗李治重逢,这首《如意娘》就是因此而作。石榴裙的典故出自梁元帝萧绎《乌栖曲》:"芙蓉为带石榴裙"。

物理解释

先说说这"看朱成碧"。朱(红)、碧(绿)是颜色,属于眼睛对光感知而来的视觉效果。阳光是一个宽谱的存在,其中波长约在780—390 nm范围内的是人眼可以(不是能够)看见的光,称为可见光。在780—390 nm 范围内,可见光自长波长一端到短波长一端引起的颜色感觉依次为红橙黄绿蓝靛紫(不是严格的描述),彩虹就清晰地展现了这个视觉效果分布(见张谓《同诸公游云公禅寺》一节)。不过,颜色是眼睛对光的响应,它不只是依赖于光的频率,而是依赖于入射光的频谱分布以及亮度。颜色学是个复杂的科学问题,其最终建立是长达多个世纪的研究努力的结果,大科学家如牛顿、麦克斯韦都曾投身于颜色的研究,连兼职文豪的科学家歌德都有颜色学著作 *Zür Farbenlehre*。

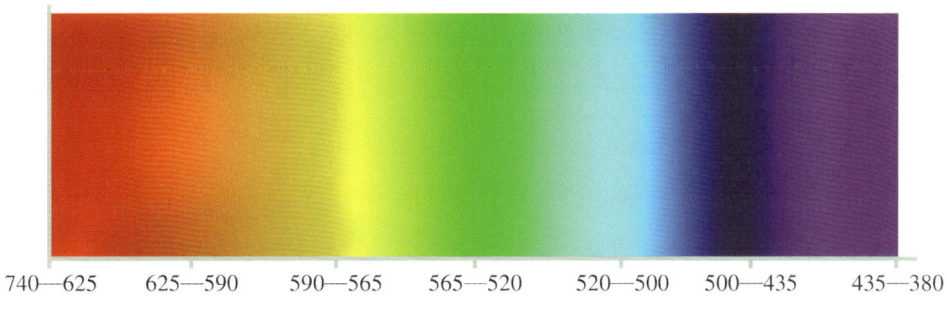

可见光谱(图中数字为波长,单位:纳米)

看朱成碧颜始红，摄影的遗憾

人们谈论颜色时，常常只提及光和眼睛，但却忘了另外一个关键元素：大脑。所谓的颜色，是大脑对光经过眼睛所引起的神经信号的诠释，它拥有最终解释权。颜色认识上的混乱，问题更可能是出在大脑上。大脑思绪乱了，对颜色的感知也是乱的。细说来，一个人因为惆怅会走神，眼睛会长时间凝视一个地方，也就是说眼睛持续地受到特定色谱的来光刺激。眼睛对长时间来光的敏感度会下降。这样，当眼睛转向其他地方时，来光的色谱发生了变化，那些新加入频率的光的视觉效果一定程度上会被强化，结果就是短暂出现看朱成碧或者看碧成朱的恍惚。武则天的这句"看朱成碧思纷纷"是非常科学的真实情态记录。李白也用过"看朱成碧"，其《前有一尊酒行二首》之二有句云："催弦拂柱与君饮，看朱成碧颜始红"。李白的"看朱成碧"是酒喝高了的效果，也非常科学。至于数码摄影，由于缺乏对短波长光响应的半导体器件（要求用宽禁带半导体），对于我们看到的紫色物体，数码摄影的效果整体上是妥妥的"看朱成碧颜始红"。

泪水落在裙子上，会有污渍，这可以作为曾经流泪的证据。眼泪的组成大部分是水，但还有一些盐以及蛋白质等物质。一般的布料表面都是亲水的，泪滴落在布料上会直接湿透布料或者在布料上铺开，形成中间略隆起的液滴。液滴会蒸发，但是被蒸发的是纯粹的溶剂（这里是水），且蒸发发生在表面上。蒸发的过程中，液体会从内部向外表面补充，把溶质颗粒带到边缘处。在干燥的最后阶段，颗粒会加速冲向液滴的边缘部分。最后,液滴干燥后留下了不均匀的沉积物,大致为环形分布。因为泼洒的咖啡经常造成这样的污渍,这种现象于是在现代被称为咖啡环效应(coffee ring effect)。红酒也容易引起咖啡环效应。

咖啡环效应的形成实际上是个非常复杂的过程,它同溶液的表面张力(即和空气间的界面能)、溶液和吸附表面间的界面能、颗粒的粒度与形状等因素有关。笔者有幸也曾经研究过一段时间的咖啡环效应。这个看似简单的课题挺重要的。比如,打印过程可以看作是在表面上形成强吸附的液滴后待其干燥,人们当然希望干燥后的印记是均匀的,这种应用情景下咖啡环效应就是要极力避免的。根据不同的应用场景找到避免咖啡环形成的溶质-溶剂配方,不是一件容易的事情。反过来,咖啡环效应也可以用来实现颗粒物质结构的有序生长。

咖啡环效应

以裙上泪痕斑斑写相思,乃诗人寡白,如刘希夷《捣衣篇》中有句:"莫言衣上有斑斑,只为思君泪相续"。另有一种手法是用湘妃竹指代流泪。传说尧帝将两个女儿,娥皇、女英,嫁给了舜。舜61岁登上帝位,踞帝位39年后南巡时薨,葬于九嶷山。娥皇、女英闻噩耗后奔往南方寻夫,在湘江边抚竹而哭,在竹子上留下斑斑泪痕。此竹于是被称为湘妃竹。后世常用湘妃竹的典故描写女子之哭。曹雪芹《红楼梦》有

"题帕三绝",其内容就是描述流泪的。泪,暗洒闲抛,在枕上袖边留下点点斑斑,仿佛湘妃竹上的香痕。仔细看,这三首中的其三就是对湘妃竹传说的转写。

其一
眼空蓄泪泪空垂,暗洒闲抛却为谁。
尺幅鲛绡劳解赠,叫人焉得不伤悲。
其二
抛珠滚玉只偷潸,镇日无心镇日闲。
枕上袖边难拂拭,任他点点与斑斑。
其三
彩线难收面上珠,湘江旧迹已模糊。
窗前亦有千竿竹,不识香痕渍也无?

湘妃竹上的斑点的发生也是有科学解释的。豹子的斑点(spot)、长颈鹿身上的斑块(speckle)或者斑马的条纹(stripe),这三种看似随机的分布花样都是生长-扩散过程造成的。1952年,伟大的图灵(Alan Turing, 1912—1954)凭空写了一篇题为 The Chemical Basis of Morphogenesis(形貌产生的化学基础)的文章,指出这些 spot-speckle-stripe 花样看似随机,但可能遵循同样的发生机理。他设想有两种导致形貌产生的物质,在各自扩散的过程中还发生反应,一者自己增殖还促进产生另一方,另一方则限制前者的增殖。这样的反应-扩散(reaction-diffusion)行为可以模拟各种斑图的产生,相关的研究很是热闹了一阵子。

湘妃竹

之五 韦庄《暴雨》

江村入夏多雷雨,晓作狂霖晚又晴。
波浪不知深几许,南湖今与北湖平。

关键词:平

原文大意

江边的村舍,入夏时节雷雨频繁;早上一场持续的大雨,到晚来天终于放晴了。江中波浪翻滚,不知道又深了多少,但见旁边的小湖起了明显变化,南湖与北湖的水面持平了。

物理解释

这首诗的主角是水,提到的关联词包括江、雨(霖)、波浪和湖。水是典型的牛顿流体,扰动水面过一段时间后会自己安静下来。安静下来的水面如果尺度大小合适,比如大于10厘米以至于我们可以忽略水同容器之间的边界,同时又不是很大,比如大于10千米以至于地球的引力加速度有明显方向偏差显出,则这样的安静水面就给我们提供了一个直观的物理平面。物理的原因是在不大的范围内,重力加速度 g 可以看作是个常矢量。水这样的擅流动的流体,如果表面高度不一致,则各处势能不一样,处于高势能位的水就会流向低势能位的地方,最终将水面拉平。宁静的水面是个等重力势能面。毛泽东主席有《水调歌

高峡出平湖

头·游泳》词云"更立西江石壁,截断巫山云雨,高峡出平湖",描绘的正是高峡加上大坝围起一块平静水体从而形成平湖的景象。实际上,恰恰是水面给我们提供了生动的、直观的平面形象,因此有"水平""水平面"的说法。村边的水塘,或是小湖,多是几十米见方的水体,其宁静的表面可以看作平面,但不连通的水体,其表面各有各的同一高度。一场大雨过后,蓄积的更多的水将邻近的湖连同一体,它们就拥有一个共同的平坦表面了,正所谓"南湖今与北湖平"。张若虚的《春江花月夜》上来第一句就是"春江潮水连海平",关键落在"江-海-水-平"上,与此处景象大小迥异,道理一也。

当然了,因为地球表面是弯曲的,大尺度的水面,哪怕是平静的,也和地表一样是弯曲的。实际上,恰是观察大尺度(千米级以上)水面上航船的视觉效果,人们才认识到水面是弯曲的,从而推断大地是弯曲的,这才有了地球的说法(英语的 Earth,德语的 Erde,意思是大地,不是地球)。那么,为什么池塘尺度上的水面给了我们平面的印象呢?这是

水面各有高低的不连通小水塘

因为相对于地球的近 4 万公里的周长，几十米量级的水塘是个足够小的小量。弯曲表面上的一个小区域，只要它足够小，总可以当作平直的来处理。这正是微分几何(differential geometry)这门学问的思想基础。

之六 杜牧《赤壁》

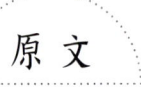

原 文

折戟沉沙铁未销,自将磨洗认前朝。
东风不与周郎便,铜雀春深锁二乔。

关键词:沉沙,铁,销,磨洗,认,铜

原文大意

在沉沙中发现一支折断了的铁戟,还没有完全销蚀掉。拿来磨洗一下,根据样式、铭文可以辨认它是前面哪个朝代的,结果发现是赤壁之战的遗物。遥想当年,假如东风不给周瑜以便利,赤壁之战的结局恐怕会是曹操取胜,二乔要被曹操掳去铜雀台了。

知识补充

《三国志·吴书九·周瑜传》:"顷之,策欲取荆州,以瑜为中护军,领江夏太守,从攻皖(潜山),拔之。时得桥公两女,皆国色也。策自纳大桥,瑜纳小桥。"《江表传》:"策从容戏瑜曰:'桥公二女虽流离,得吾二人作婿,亦足为欢。'"后世称桥公二女为二乔。

铜雀台在今河北省临漳县(古称邺)西南。汉末曹操击败袁绍后营建邺都,修建了铜雀、金虎、冰井三个台,以铜雀台最为壮观。

赤壁之战发生在208年,曹操的生卒年为155—220年,周瑜的生卒年为175—210年。

物理解释

这是一首叙事诗,后一句纯为感慨而已。此诗朗朗上口,加上故事性以及作者杜牧的名声,故而人们对此诗耳熟能详。然而,你若细品,会发现这是一首科学内容非常丰富的诗。

大戟(jǐ)是原始兵器。先是青铜制的,不易腐蚀,故我们现在还能看到。铁制大戟出现得较晚,因为炼铁需要 1000 ℃ 以上的高温,比冶铜所需的温度要高。但是铁容易生锈,因为铁的氧化物不足以形成阻挡氧分子、水分子深入的保护层,故出现偏晚的铁器反而在考古中不多见,或者很难有完整的物件。一根折断的铁制大戟,在沉沙中被发现。沉沙,流动的沙会造成沉积层。地质变迁,会在一些地方产生沉积层,那底下埋着的从前的东西就是历史记录。越深的地方,年代越久,故有深度时间(deep time)的说法。生锈的大戟,还没锈蚀完全,外面的铁锈结构不规则,疏松,磨磨就掉了。从那残余未生锈部分上面的铭文能认出朝代亦或工匠名字,或者仅从样式也约莫能辨认出制作朝代。考古学玩的就是挖出来以后"认"的功夫。未销,是未全销。磨洗,磨的时候就要用水冲洗。摩擦,首先是物质磨损的过程,因此讲授摩擦(friction)问题时一定要同时提及磨损(wear)。由此诞生的专门学问,摩擦学(tribology),是近代工业的基础。做芯片,做镜头,都要会磨会洗。

就芯片制造而言,洗半导体芯片要用最纯的水,比分析纯要求还要高的纯水,故有半导体级纯净水的说法。半导体工业不光要有高纯度的完美晶体,还要有光刻机,还要有高度纯净的纯净水。没有高度纯净的纯净水,那就没有半导体的磨洗了。

出土的生锈铁器

最后半句里的铜雀,关键词是铜。古代用铜做各种器皿、饰物,特别是作为财富等价物,是因为:1)大自然有现成的铜,人们自然能发现它,获得它;2)铜足够软,好加工;3)铜很难生锈(潮湿有氧环境下会生成铜绿,但是过程比较慢)。铜的好兄弟金银有相近的性质,也都天然地存在于大地中,金子甚至有大块的。外敷金银铜的建筑或者物件自有一股高贵范儿,除了因为金银铜被当作财富以外,还因为金银铜的结构件穿越了足够长的历史长河吧?幸亏大地中有现成的金银铜,才有今天这个电驱动的现代化社会。铜(Cu)、银(Ag)、金(Au)、钯(Pd)、铱(Ir,也称铱金)、铂(Pt,也称白金)在元素周期表中挨在一起,是六种贵金属(noble metal)。贵金属是什么意义呢?是说它高贵,氧、氮、水这些东西很难吸附在贵金属表面上与其化合,其中的科学道理直到1995年才有详细的定量解释(参见李白《登锦城散花楼》一节)。

大昭寺金顶

之七 温庭筠《商山早行》

原文

晨起动征铎,客行悲故乡。
鸡声茅店月,人迹板桥霜。
槲(hú)叶落山路,枳(zhǐ)花明驿墙。
因思杜陵梦,凫(fú)雁满回塘。

关键词:月,迹,霜

原文大意

一大早大车的铃铛就响了,客人就得出行了,心里想起故乡有点儿悲切。此刻鸡鸣声此起彼伏,茅草店沐浴着晓月的余辉;覆盖着深秋寒霜的木板桥上足迹凌乱。枯败的槲叶,落满了荒山的野路;淡白的枳花,点缀着驿站的泥墙。想起昨夜梦到了杜陵(在西安东南)的美好情景,而此刻看见一群凫雁正在池塘中嬉戏。

鸡声茅店月,人迹板桥霜

27

物理解释

《商山早行》一诗大约作于859年,作者为温庭筠(约801—866)。商山在今陕西商洛市东南。此诗因一句"鸡声茅店月,人迹板桥霜"而闻名,后人多有赞誉。明朝李东阳《怀麓堂诗话》云:"'鸡声茅店月,人迹板桥霜。'人但知其能道羁愁野况于言意之表,不知二句中不用一二闲字,止提掇出紧关物色字样,而音韵铿锵,意象具足,始为难得。"这大概是典型的文人评论,指出了人家的诗句之佳在于"提掇出紧关物色字样",却又说不出个所以然来。

鸡声茅店月,有响声、有月光、有动静景物,是一幅电影画面。人迹板桥霜,小河沟上有一座木桥,桥面上结了霜,留下了行人的脚印。说到人迹板桥霜,这里就有丰富的科学了。这首诗描述的故事,发生在一年中非常明确的一段时间。二十四节气里,霜降是第18个节气,在阴历九月底。以2024年为例,霜降起止日期为公历10月23日到11月6日,阴历为九月二十一到十月初六,月相是从下弦月经残月、新月而至眉月。因此,这首诗发生的当日,月光不会太亮。霜发生的条件,温度略低于0 ℃,较低的水蒸气偏压,这样水蒸气可直接凝结成固体。大致说来,霜和雨、雪形成方式是不一样的,雨是凝结的液滴,而雪是由液体固化而来。结霜,气体凝结为固体,是一个生长的过程,为此需要在其他物体的表面上附着,所以我们看到在草叶的边缘这种地方容易结霜。木质的桥面是容易结霜的。在特定的表面上,让一种物质从气态出发生长到表面上去,这一点,相应地有专门的学问,即气相薄膜生长或者气相沉积(vapor deposition),这可是当代工业最重要的一门技术。太阳能电池、发光二极管,以及更高级的半导体芯片,其制作都要用到这门技术。

桥上有霜,留下人的脚印,是很美的局部图片。在雪地上或者结霜的桥面留下印迹,如果是不同动物的脚印相映衬,会更美。试品味这副对联"虎行雪地梅花五,鹤立霜田竹叶三",怎么样,很酷吧?通过对痕迹的研究,可以获得对留下痕迹之物体的性质以及运动状态的信息,刑侦学里就有专门的痕迹检测。迹,还是重要的科学概念。一个方矩阵 $A=\{a_{ij}\}$, $i, j=1, 2, \cdots, n$,它的对角线矩阵元之和就是它的迹(trace),即 $\text{Tr}(A) = \sum_{i=1}^{n} a_{ii}$。矩阵的迹可是矩阵的重要性质,矩阵的迹等于它所有本征值的和,且在相似变换下不变;两个矩阵相乘,调换乘积顺序迹不变,即 Tr(AB) = Tr(BA)。 要不说这个量是矩阵的迹呢! 描述电子自旋的3个泡利矩阵都是迹为0的2×2方矩阵。这几个知识点可以用来判断一个人会不会量子力学——说不上来这几个知识点的人肯定不会量子力学!

结霜

之八 施肩吾《夏雨后题青荷兰若》

原文

僧舍清凉竹树新,初经一雨洗诸尘。
微风忽起吹莲叶,青玉盘中泻水银。

关键词:雨,洗,尘,莲叶,水银

原文大意

夏日,僧舍旁边的竹子、树木一片清新,一场落雨更是将各处的尘土冲洗了去。忽然一阵微风吹动了莲叶,莲叶倾斜,其上的积水快速滑落,仿佛青玉盘中水银流泻。

外一首

韦应物
《咏露珠》

秋荷一滴露,清夜坠玄天。
将来玉盘上,不定始知圆。

关键词:荷,露,圆

物理解释

施肩吾（生卒年不详），唐宪宗朝的状元。这首题写僧舍［兰若(rě)，即佛寺］雨后风景的诗，清新淡雅，历来为人们所喜爱。这首诗涉及的问题是表面的极性、粗糙度的问题，以及与液体之间的浸润(wetting，湿润)的问题。这是一个日常生活里都会遇到的问题。

一场雨后，树叶、竹叶以及荷叶上的尘土都被洗掉了，整个世界都显得那么清新。一片叶子，笼统地说，一块表面，是否会蒙尘，取决于它的表面是否是电极性的。电极性的表面容易和小颗粒之间静电吸引，积累起来就是落满尘土。一个表面如果不想沾上灰尘，它就不能是电极性的，这是不粘锅设计的学术基础。第一个不粘锅材料是聚四氟乙烯，喜欢下厨并熟悉原子的电子结构以及量子力学的朋友们从它的分子式 $\left(-\underset{F}{\overset{F}{C}}-\underset{F}{\overset{F}{C}}-\right)_n$ 上一眼就能看出它是不沾的。

一个表面如果想是不沾的，除了电极性的考虑外，还可以从微结构上下功夫。本诗中的主角荷叶，其表面上有约10微米大小与间距的突起，水落到荷叶上不能完全浸润荷叶表面，因为突起之间还存在空气间隙。这样，荷叶上的水滴实际上是由突起和气垫托起来的。这种液体端坐在突起之上的状态被称为Cassie-Baxter状态。一方面由于水的表面张力特别大，另一方面由于荷叶表面有微观尺度的突起，水与荷叶表

荷叶表面

面的接触角,即水-固体界面和水-空气界面之间的夹角,可高达130°—160°。用大白话说,就是水落到荷叶表面上会形成水滴,不会弄湿荷叶表面。摆弄荷叶上水珠的朋友可能早就注意到,荷叶上的水珠可以快速滚动而不会在后面留下水渍。于是,当有风吹过,荷叶被吹得歪斜,荷叶正中积存的雨水就会滑落,而且因为水表面张力太大还容易断成水滴。从白居易《琵琶行》中集句"银瓶乍破水浆迸……大珠小珠落玉盘",可以描写水落到荷叶这种非浸润表面上碎裂成珠子状的情景。

施肩吾诗第二句用"泻水银"来比喻这个情景,可以说是一个极好的比喻,也可以说是一个极糟糕的比喻,因为它俩本就是一回事儿。水银,常温下唯一的一种金属液体,它如水一样是液体,且又是银色的,故名水银。它的希腊语洋名为υδράργυρος,其元素符号Hg就分别来自其中的水(hydor)和银(argyros)。由于作为金属它的表面能更大,因此水银滴落到木板上、瓷碗或者玉石盘子里就会形成颗粒,且迅速滚动。跑动迅速是对信使的要求,故而西方语言里把水银用信使来命名,还有快银(quick silver)的说法。罗马神话里的信使是Mercury,故英语词mercury不仅指代水星,还是水银的元素名。我们中国人学化学,水银的元素名是mercury,元素符号却是Hg,而水银、快银的说法反映它的物理性质,如不能看出这其中的关联就比较吃亏。笔者忽然想到,水银是水-银,我们还管它叫汞,是不是因为它就是捕捉金银的工-水(working water)。汞能溶解金、银,形成汞齐(jì),加热到400—500 ℃后分解就可以得到金、银。

荷叶上积存的雨水滑落

水银

研究表面对于外来物是亲还是疏、是沾还是不沾这类问题的专门学科是表面物理。对相关的学问稍微了解一点就能颠覆我们的认知。比方说,你会知道干净的清水是不能洗衣服的,因为水的表面能太大,遇到布满油渍的衣服它就不能打湿衣服。为此就要把水先弄脏了以减小它的表面能,从前用皂角粉、锅底的草木灰或者水塘底下的烂泥,如今则是用更脏的化学制品洗涤剂。

顺带说一句,水、水银这种表面张力很大的液体摔到固体表面上容易形成滚动的液滴,而分立的液滴相遇时为了减少总的表面能会融合到一起,这种水滴融合的现象当然不会逃过诗人的眼睛,也一定会出现在咏荷诗中。兹举一例。李颀《粲公院各赋一物得初荷》诗云:

> 微风和众草,大叶长圆阴。
> 晴露珠共合,夕阳花映深。
> 从来不著水,清净本因心。

这里的"珠共合"说的就是水滴融合现象。

之九 无名氏《金缕衣》

原文

劝君莫惜金缕衣,劝君惜取少年时。
花开堪折直须折,莫待无花空折枝。

关键词:金缕衣,时

原文大意

朋友啊,你不要拿金缕衣当宝贝,我劝你一定要珍惜少年时光。花开可折的时候就要赶紧折,不要等到花谢了只折得一根空枝儿。

物理解释

一般讲解这首《金缕衣》的,会把重点放在第一句后半句上,把前半句当作可有可无的比兴。这第二句的十四个字,是个比喻,在于言外之意。有特定的理解,说有了心爱的姑娘到了可婚配的年龄就要赶紧娶回家去,不要等人家姑娘嫁人了你对着人娘家的门后悔莫及。进一步地有人引申道:"有可追求的目标就赶紧去行动,不要等错过了机会枉自叹息。"

笔者觉得,这首诗句句有深意,而第一句更有韵味。

为什么要"惜取少年时"呢,因为时间的单向性。根据热力学第二定律,一个闭合体系其熵恒不减少。熵表示混乱度,一个熵达到了最大的孤立体系,就死寂了。熵增加的方向,即是时间的方向,这是生命挣不脱的宿命。时间是什么呢？奥古斯丁（Aurelius Augustinus，354—430）在《忏悔录》(*Confessionum*)中写道："时间是什么，没人问我的时候我可明白了；但一旦有人问我，我就不知道说啥好了（Quid est ergo tempus? Si nemo ex me quaerat, scio; si quaerenti explicare uelim, nescio.）。"但是，时间真真切切地是单向的，我们的生命真真切切地是单向的。青春是最美的时光，转瞬即逝。我们确实要珍惜时间，尤其要惜取少年时。

那为什么又拿金缕衣说事儿呢？因为我们希望被人看重。黄金是财富，黄金作为物质，其延展性好可以抽丝，金丝织成的衣服穿在身上必会让人高看一眼。金缕衣、骏马、豪车、金钱都是价值外挂，能对拥有的人产生价值加持的效果，所以自古人们都希望拥有华服豪车。可是，我们的人生，也许应该是一个让人自身拥有不断增加内禀价值的过程。有一天，如果你本身就是价值了，你就不需要再用价值外挂来抬升自己。许多对人类做出伟大贡献的人，生活都简单平淡甚至寒酸，就是因为他不需要外在的东西来肯定他的价值。

在另一个极端，卑微的人也要有自身的内禀价值才好。给大家讲个传奇故事。杨景锺，1920年3月出生于日本统治下的朝鲜，1938年加入日本驻中国东北的关东军。1939年，日本关东军在当时的诺门罕地区与苏联红军交战，杨景锺被苏军俘虏。后来苏德战争爆发，1942年杨景锺被强制编入苏联红军，开赴苏德前线作战。1943年2月至3月间，苏联红军在哈尔科夫大败，杨景锺又被德军俘虏，很快杨景锺被送往法国占领区，编入了德国国防军东方营。1944年6月，在著名的D-day那天盟军在诺曼底登陆，杨景锺又

杨景锺（左）

被美军俘虏,而后送往英国的战俘营。看到这里,人们或许会以为杨景锺是个命运格外眷顾的战神,在那个兵荒马乱的时代游刃有余。然而,他只是个普通人,卑微的他凭借自己的价值在那个乱世苟活了下来。是什么价值呢？因为他会做饭——这是一项不管哪个军队都需要的实实在在的本领。如果他仅有一件金缕衣的话,那就是另一个故事了。让自己是价值本身而不只是让自己拥有财富,这大概是"惜取少年时"所要成就的目标。

之十 韩愈《石鼓歌》

原文

张生手持石鼓文,劝我试作石鼓歌。
少陵无人谪仙死,才薄将奈石鼓何。
周纲陵迟四海沸,宣王愤起挥天戈。
大开明堂受朝贺,诸侯剑佩鸣相磨。
蒐(sōu)于岐阳骋雄俊,万里禽兽皆遮罗。
镌功勒成告万世,凿石作鼓隳(huī)嵯峨。
从臣才艺咸第一,拣选撰刻留山阿。
雨淋日炙野火燎,鬼物守护烦㧑(huī)呵。
公从何处得纸本,毫发尽备无差讹。
辞严义密读难晓,字体不类隶与科。
年深岂免有缺画,快剑斫断生蛟鼍(tuó)。
鸾翔凤翥(zhù)众仙下,珊瑚碧树交枝柯。
金绳铁索锁纽壮,古鼎跃水龙腾梭。
陋儒编诗不收入,二雅褊(biǎn)迫无委蛇(shé)。
孔子西行不到秦,掎摭(jǐ zhí)星宿遗羲娥。
嗟余好古生苦晚,对此涕泪双滂沱。
忆昔初蒙博士征,其年始改称元和。
故人从军在右辅,为我度量掘臼科。
濯冠沐浴告祭酒,如此至宝存岂多。
毡包席裹可立致,十鼓只载数骆驼。

荐诸太庙比郜鼎,光价岂止百倍过。
圣恩若许留太学,诸生讲解得切磋。
观经鸿都尚填咽,坐见举国来奔波。
剜苔剔藓露节角,安置妥帖平不颇。
大厦深檐与盖覆,经历久远期无佗。
中朝大官老于事,讵肯感激徒婀娜(ān ē)。
牧童敲火牛砺角,谁复著手为摩挲。
日销月铄就埋没,六年西顾空吟哦。
羲之俗书趁姿媚,数纸尚可博白鹅。
继周八代争战罢,无人收拾理则那。
方今太平日无事,柄任儒术崇丘轲。
安能以此上论列,愿借辩口如悬河。
石鼓之歌止于此,呜呼吾意其蹉跎。

关键词:石鼓文,蝌蚪文

原文大意

韩愈(768—824)的这首七言诗,共462字。因为篇幅太长,不宜在本书中逐字解读,感兴趣的读者请参阅其他专著,我这里只捡紧要的地方说几句。张籍给韩愈拿来了初唐时期在陕西凤翔出土的石鼓文拓片,韩愈就借此发表了一通感慨。据信当年周宣王打猎,刻石纪功,留下石鼓文,所谓"乃是宣王之臣史籀作"。石鼓文上的字体不象隶书也不象蝌蚪文(大篆),难以辨识理解,《诗经》也未见收录。如今杜甫、李白这样的大才子都过世了,无才之人面对这样的古代文字一筹莫展。当年作者韩愈初被征召为国子监博士时,也曾希望把石鼓文运至太学供研读观摩,未遂。至今六年过去,石鼓依然原地荒弃。如今的人们,追捧的是王羲之的那种只配拿去换鹅的媚俗书法。韩愈最后叹息："我这心里头哇,唉,不说了。"

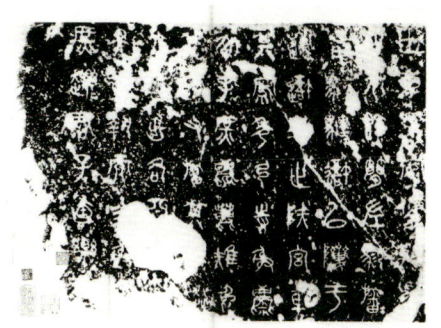

石鼓与石鼓文

知识补充

石鼓共有十枚,分别用大篆刻有四言诗一首,计十首七百一十八字。石鼓的起源尚无定论,有周朝、秦朝之物等不同说法。韦应物也有《石鼓歌》,歌曰:

> 周宣大猎兮岐之阳,刻石表功兮炜煌煌。
> 石如鼓形数止十,风雨缺讹苔藓涩。
> 今人濡纸脱其文,既击既扫白黑分。
> 忽开满卷不可识,惊潜动蛰走云云。
> 喘逶迤,相纠错,乃是宣王之臣史籀作。
> 一书遗此天地间,精意长存世冥寞。
> 秦家祖龙还刻石,碣石之罘李斯迹。
> 世人好古犹共传,持来比此殊悬隔。

此外,宋代也有不少的《石鼓歌》,读者如有兴趣,可以将它们放到一起作文学意义上的参校。

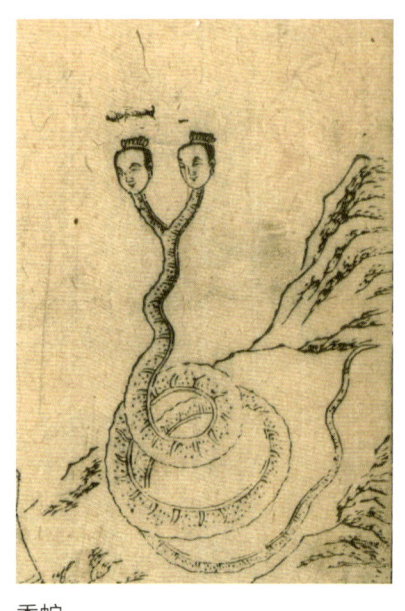

委蛇

韩愈和韦应物的《石鼓歌》,各有一字,其读音变迁引起了笔者的兴趣。韩愈诗中的委蛇(shé),就是用蛇比喻弯曲的形状。《庄子·应帝王》有"吾与之虚而委蛇"的说法。《楚辞》《淮南子》《史记》中都有"逶蛇"的用法,意义上没有变化。委蛇什么时候或者在什么地方读音变成"委蛇(yí)"的,这个读音与"逶迤(yí 或者 yǐ)"是什么关系?笔者不得而知。韦应物诗中的"脱其文",我猜它等同于"拓其文"。脱,即"依模而制作",所谓的"脱胎于……",这个意思沿用至今。笔者老家用木模制作土坯烧砖,就称为"脱土坯"。"脱其文",应该就是"拓(tà)印"了。脱,与"拓(tuò)"相近,而"拓"字又是怎么有发音 tà 的呢?

有个例子或许有助于我们理解上述问题。给,有 gěi 和 jǐ 两个读音。其实,这两个读音是一样的。这一点也表现在西语中,比如 Gelation(凝胶)的首音节在德语中的发音就接近 gěi 而在英语中的发音就接近 jǐ。今天在山东一些地方,"给"在同一个词组中的发音会 gěi, jǐ 混用,实属自然而又科学。笔者忽然觉得在自山西往西往北的地区,tuo 和 ta 其实是一个音。有机构板着脸训导人们"供给"应该念成"供给(jǐ)"不能念成"供给(gěi)","拓片"应该念成"拓(tà)片"不能念成"拓(tuò)片",有点儿扯。我们必须认识到,语言文字是时-空的函数(spatio-temporal function),也是工具依赖的动态存在。是该好好学习如何用科学(包括地理学、地质学、经济学、社会学、历史学、物理学、生物学、解剖学等学科)的观点看待语言文字了。一个人,读完物理学、地理学、历史学的博士再去教中学语文也不迟。

物理解释

就这首诗,笔者想谈谈古文字、文字如何破解以及做学问的态度等问题。我想传达一个事实而非观念——理解文字也是物理学和物理学家的一个重要功能。

韩愈《石鼓歌》中有句云:"少陵无人谪仙死,才薄将奈石鼓何。"杜甫(少陵)和李白(谪仙)都是唐朝的大诗人。韩愈这句诗传递了一个理念,石鼓文是古文字,是诗作,当代有才情的诗人是合适的破解者。杜甫的文字能力如何,未见其本人诗作之外的佐证,但确实有文献称赞李白是外语大才的。据史书载,李白骨骼清奇,为人豪迈洒脱、浪荡不羁,有飘然出世之表。其人精通书史,好剑术,还通晓番邦文字,可见是个多面型人才。关于李白外语水平的传奇,明朝冯梦龙《警世通言》有一章"李谪仙醉草吓蛮书",可资参考。据说当年渤海国大可毒发来战书,其中全是番邦文字,"皆是鸟兽之迹",满朝文武无人能识,这让玄宗皇帝很是恼火。贺知章举荐了李白。那"李白看了一遍,微微冷笑,对御座前将唐音译出,宣读如流"。转过天来,"李白……手不停挥,须臾,草就吓蛮书。字画齐整,并无差落,献于龙案之上,天子看了大惊,都是照样番书,一字不识……唤番官听诏。李白重读一遍,读得声韵铿锵,番使不敢则声,面如土色……"这渤海国在今东北之东北,而李白生于西域,若李白果真通晓渤海国文字还听说读写样样俱佳,那他该通晓多少文字?

与石鼓文相仿佛,世界上还有一个黑色石碑上的重要文字要破译。罗塞塔石碑(rosetta stone)是1799年拿破仑的远征军在尼罗河三角洲挖出来的一块石碑,上有三段文字,分别为鸟文(象形文字)、世俗体埃及文和古希腊文。后来的研究表明,这是公元前196年埃及祭司为托勒密五世加冕周年纪念所颁布的法令。因为石碑年久受损,这三段文字都残缺不全,但以底部的古希腊文最接近完整,顶端的象形文字的缺损最为严重。鸟文,象形文字,或曰圣体文字(Egyptian hieroglyph),是神的语言(language of the gods),世俗体埃及文字(demotic)是文献记录用语言,可大致理解为圣体文字的速记,而古希腊文是托勒密王朝使用的语言(托勒密王朝是说希腊语的、来自马其顿的埃及统治者)。经过一段时间的解读努力后,人们知道后两种文字是关于托勒密五世加冕纪念的法令,估计那段鸟形文字也是,但是怎么解读呢?

罗塞塔石碑被发现后，英国的托马斯·杨(Thomas Young, 1773—1829)和法国的商博良(Jean-François Champollion 1790—1832)为了破译其上的文字做了大量的科学研究，不仅识别了其上的文字，后来还建立了埃及学，这是世界文化史上的大事。

罗塞塔石碑及其上端的鸟文

托马斯·杨是大物理学家，全能型的学者，因解释了波的干涉而闻名，有"杨氏干涉"的说法。物理学破解自然之谜，由其得来的思维方式对破解古文字应该是有帮助的。语言学上有印欧语系(indo-european language family)的说法，意思是大部分欧洲语言和来自伊朗高原、印度次大陆北部的语言是一家。虽然此前已有语言学家注意到了这个问题，但 indo-european 的概念是托马斯·杨 1813 年提出来的。他能提出印欧语系的这种统揽性概念，他得学会多少种语言才能看到其共性？托马斯·杨撰写了《大英百科全书》的"语言"词条，据说涉及语言约 400 种。

顺带说一句，英国大物理学家哈密顿在 13 岁时就已经学会了几乎所有(！)的印欧语系的语言，甚至还学了点马来语，当然应该还包括数学这门语言。语言学习对物理、数学和工程科学的学习有多少帮助，笔者才疏学浅，不敢妄言。不过，或许一个孩子数学不好可能问题出在语文上，而学好物理说不定是学好历史的必要条件。谁知道呢？

欲了解更多相关内容,建议参阅拙著《磅礴为一——通才型学者的风范》。

面对石鼓文,韩愈的态度是"嗟余好古生苦晚,对此涕泪双滂沱",很糟糕的态度,见到问题就是哭。当然了,他还是认识到石鼓文的文化价值的,通过贬损王羲之的书法亮出了他的观点:"羲之俗书趁姿媚,数纸尚可博白鹅"。确实,王羲之的那种俗字,也就换几只白鹅的价值(此处指王羲之写《道德经》与山阴道士换鹅的旧事)。我国后世诸多书法家,功夫在字而不在文化、不在文理,实在可叹。字如果只有纯形式的价值,那就实在谈不上有什么价值。

蝌蚪文,蝌蚪篆,是先秦时期的一种古文字体。蝌蚪文皆以尖锋来书写,其特色也是头粗尾细,呈波浪形,名称是汉代以后才出现的,在唐代以后便很少见到蝌蚪文,近代在浙江仙居县淡竹乡境内被发现。西亚的楔形文字,我国的魏碑体,都是以刀为笔书写的,故有"一笔一划(graph)"的说法。金庸《侠客行》中,说到侠客岛石室壁上所刻李白《侠客行》一诗在不识字的石破天眼中,"……只见字迹的一笔一划似乎都变成了一条条蝌蚪,在壁上蠕蠕欲动,但若凝目只看一笔,这蝌蚪却又不动了"。载体和书写工具的物理共同决定了文字的形态发生与演化,这就是笔者所谓的"工具依赖的动态存在"。用蝌蚪代指文字,唐诗中多有出现,如岑参《送王伯伦应制授正字归》中的"科斗皆成字,无令错古文",《南池宴饯辛子,赋得蝌斗子》中的"临池见蝌斗,羡尔乐有余。不忧网与钓,幸得免为鱼。且愿充文字,登君尺素书",等等。

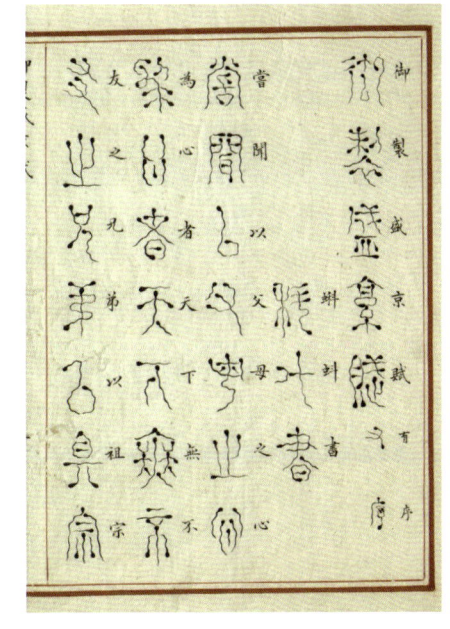

《御制盛京赋》"科斗书"卷

43

之十一 杜甫《望岳》

> 原文

岱宗夫如何？齐鲁青未了。
造化钟神秀，阴阳割昏晓。
荡胸生曾云，决眦(zì)入归鸟。
会当凌绝顶，一览众山小。

关键词：览，小

原文大意

泰山啥样子了？齐鲁大地上青色无边。大自然钟爱神奇秀丽，山南山北阴阳分界，晨昏迥然不同。敞开胸怀，任那层层云气涌起；睁大眼睛，看见归鸟飞入。登山啊，应当登上那最高峰，从那里看到的群山皆渺小。

物理解释

杜甫此诗前三句是写景，最后来一句感慨，借景抒情。凭借最后一句感慨，这首诗成了流芳千古、为人传诵的好诗。人类观看世界，靠的是眼睛，而人眼从物理上讲就是一个凸透镜。根据透镜的成像公式，$\frac{1}{l_{ima}} + \frac{1}{l_{obj}} = \frac{1}{f}$，其中焦距 f 是透镜的物理参数，l_{obj} 是物距，l_{ima} 是像距，像距也关联着像的尺度。对于给定的焦距，物距越大，像距越小。相应地,物距越大,其像越小。当然,人眼的像距和焦距都是在给定范围内可微调的,因此我们能看清楚的物体距离是有一定范围的。但是,笼统地说,离得远的物体看着小,这个结论是成立的。杜甫云"会当凌绝顶,一览众山小",非常有气度,他就是想达到把众山都看小的境界。这句诗我猜影响到了林则徐。林则徐有名联"海到尽头天作岸,山登绝顶我为峰"。登上绝顶,让自己成为山峰之巅,这气势似乎又递进了一层。

但是,关于杜甫的这句诗笔者却有另一层体会。在拙著《云端脚下》中,我把它改成了"会当凌绝顶,一览众山清楚",意思是你要想看得清楚,必须站得高。把别的山看小了不是我们的目的,看清楚了才是我们的追求。所谓的看清楚,不只是看清楚细节,更重要的是看到大结构、大格局。这是笔者研究了很多科学巨擘的成长之路以后才体会到的。你学语言,学个一门、两门的不过能够当个翻译、能够在多个国家如鱼得水地生活而已;但是,你若是学了几十门并且把语言当作自然科学来学,你就能看出它们的内在关系与演化路径来——托马斯·杨就是这样才提出印欧语系的概念的。五大连池,你站在地面上看,你看到的不过是不高的几个火山口,以及绵延数公里的固化岩浆,是很壮观。但是,你若站在空中,就会发现它们是一体的,反映出此地这块二维曲面的应力断裂花样。再举个例子。数学难学吗?物理难学吗?数学物理难学吗?德国哥廷恩(Göttingen)的数学大神克莱因(Felix Klein, 1849—1925)的三卷本《高观点下的基础数学》(*Elementary Mathematics from a Higher Standpoint*)给我们演示了什么是"一览众山小",什么是"一览众山清楚",而且还能览得轻松。我们的数学、物理教育为什么那么差?就在于写书/教书的都站得太低。在一个低的层面上面对问题,就会有左冲右突不得其门而出的窘境。可是,如果我们不是在低层次上顽强地钻牛角尖,而是去攀登到更高层面,这时回过头来看那个低层面上圈住我们的迷宫(labyrinth),也许此时你能全面、清晰地看到它的结构,发现从前的难题对于如今的你不过是个习题。这方面有个绝佳的、容易理解的例子,即如何证明任意四个整数平方之和与另外的四个整数平方之和的乘积仍是四个整数平方之和。如果你只学过实数(一元数)、复数(二元数),这个证明可以说是一座不可逾越的高山。但是,如果你学过四元数,你会发现这个问题就是浅显的事实,都无需你费劲去证明。你不仅知道它必然还是四个整数平方之和,关键是你还能随手算出具体是哪四个整数。详情参阅拙著《惊艳一击》。

一览众山清楚

我期望我的教师同仁们在教学的时候,家长朋友们在辅导孩子作业的时候,能抽点儿时间体会一下这句"会当凌绝顶,一览众山清楚!"。别说是在学问的绝顶处(笔者力乏,看不到顶),就是在我们当下所处的高度上回首往事,也会觉得当初在半山腰处困惑时向周遭四处碰壁仍努力不辍却不肯向上攀登是多么地傻实在。

之十二 白居易《暮江吟》

原 文

一道残阳铺水中,半江瑟瑟半江红。
可怜九月初三夜,露似真珠月似弓。

关键词：残阳,铺,水,红,半,瑟瑟,露/珠,月/弓

原文大意

一道残阳照在江面上,江水一半瑟瑟抖动一半泛着红色。当天是九月初三,夜里露水凝结成珠,一弯如弓的月亮挂在天上。

物理解释

白居易(772—846)的这首诗是纯粹写景的,其中的一、二、四这三个半句包含大量的科学信息,而第三个半句则是给出了时间这个条件参数,这让整首诗显得更加合理、自洽。说这首诗是一篇学者的研究初期论文也不为过。

前两个半句说落山的太阳把半条江染红了。太阳快下落了,下边有一部分已经在地平线或者远处山峦轮廓之下,所以是残阳。朝阳和夕阳都泛红,有时候甚至是鲜红的,一般认为是因为大气对阳光的散射是瑞利散射,散射截面(概率)与频率四次方成正比,因此阳光的短波长部分(绿、蓝、紫)被散射得更厉害,以更大的比例偏离了传播方向,因而在直射方向上的阳光显得是红色的(光被大气散射是个极复杂的问题,

半江瑟瑟半江红

大气自身的密度涨落也可能是更关键的因素)。

地球表面是个曲面,尺度较大的水面,包括湖面、海面、江面,都能将这个事实表现出来。快落山的太阳,照亮了江面的一个长带状的部分,所以"铺"字这个动词用得好。阳光照到的江水反射阳光,仿佛是被染红了。

阳光照亮作者视野内所见的整个世界。但是,反射定律要求入射角等于反射角,江水作为反射面只有一部分能实现在太阳与观察者(此处是诗作者)这两个节点之间建立起光反射,也就是说江水只有一小部分在作者看起来特别亮。从这个意义上说,这个"半"字可以说区分开那瑟瑟抖动、光亮强烈变化的小部分与稍显平静的、均匀地泛着红色的大部分。

瑟是拨弦乐器,后被引申为轻微的声音,如秋风瑟瑟。声音是振动的结果,瑟被引申指轻微抖动也好理解,见于成语瑟瑟发抖。水面在微风轻抚下波动,因为水面是可以反射可见光部分的(阳光里的深紫外部分就反射不了,反射光更显红了),所以会呈现波光粼粼的效果。这个大体上能够把阳光反射到观察者眼睛的部分水面是抖动着的,也会造成半明半暗的效果。为什么呢?这和光有两种偏振模式此一性质以及反射光部分偏振有关。阳光这种自然光可以认为是不偏振的,但当它被一个面反射且入射角大于布鲁斯特(David Brewster,1781—1868)角(θ_B,$\tan\theta_B=n_2/n_1$,

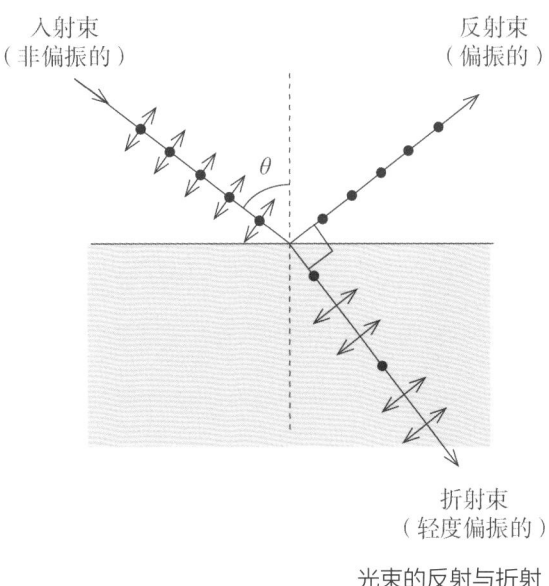

光束的反射与折射

其中n_1,n_2分别是入射与折射一侧介质的折射率)时,反射光就只剩下垂直于入射线–反射线所在平面的偏振部分了。这样,一个固定位置上的观察者,如果反射面的朝向改变较大,则很容易观察到反射面的亮度剧烈变化。水面的布鲁斯特角约为53°,而太阳快落山时其相对于水平面

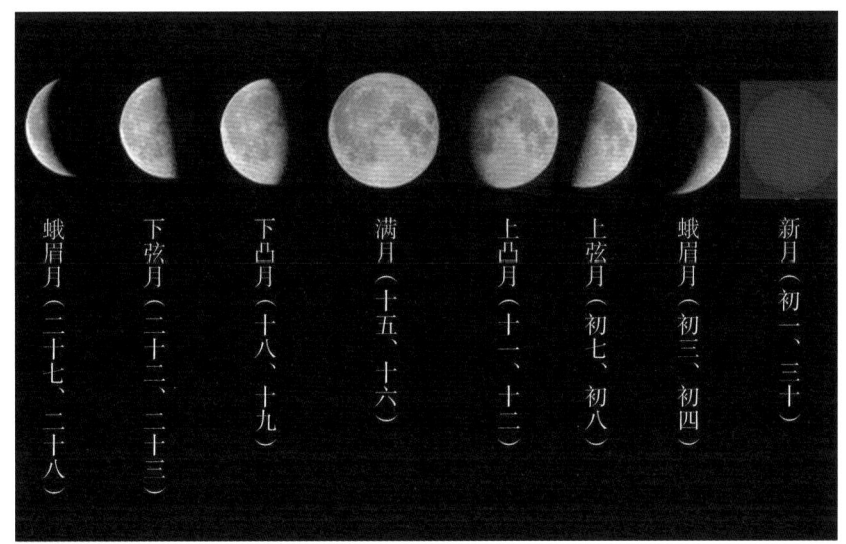

月相图

的入射角都快90°啦,水面波动很容易造成局部反射几何中的入射角忽而大于、忽而小于布鲁斯特角的情形,反射光的强度就忽大忽小,或者这儿强度大而旁边的强度小。局部水面的朝向问题,我们的视角问题,光的偏振方向,这几个因素凑到一起,水面经常会显得半明半暗,这种现象大家在雨天看河面、水塘表面时容易观察到。

农历九月初三夜的月亮是个细月牙,为蛾眉月,弯如弓,弓弦在东侧。九月初三,节气为寒露,夜里足够凉了,水蒸气会凝结,有很重的露水。露水不是特别多的时候会表现为分散的露珠。为什么是露珠呢?因为水有个独特的性质,就是它的表面张力(表面能)γ非常大,在温度快接近0 ℃时可达75 mN/m,在20 ℃时约为72 mN/m,比这个数值还大的只有金属液体了。相应地,在露水发生的温度范围内,水针对空气的毛细长度(capillary length),$r_c = \sqrt{\gamma/\rho g}$,约为2.5 mm。也就是说,一团等效直径不足3 mm的水真就能团成个球形,那就是"真珠"。当然,对于略大于这个尺寸的水滴,我们也会觉得它是颗珠子似的。

露珠

之十三 齐澣《长门怨》*

> **原 文**
>
> 宫殿沉沉月欲分，
> 昭阳更漏不堪闻。
> 珊瑚枕上千行泪，
> 不是思君是恨君。

关键词：更漏，不是……是

原文大意

宫殿，夜色沉沉，月在云边半隐半现(亦有"宫殿沉沉晓欲分"的说法。"晓欲分"指天光破晓，主人公又熬过了一个难眠之夜，似乎更合理)。昭阳宫里单调的更漏声非常恼人，让人不忍卒听。珊瑚枕见证了我的千行泪，不是因为想你，是因为恨你啊。

物理解释

这首《长门怨》是典型的借景抒情。天光欲破晓的时刻，更漏声让人不忍卒听。更漏(详见李益《宫怨》一节)的功能是计时，为此要求的性质就是它能表现出单调的行为。水滴从壶中掉下来的间隔是单调的，水滴到下面的承接盘中或者石头上打出的"啪嗒"声也是单调的。

---

* 以《长门怨》为题的诗有很多，这首《长门怨》的作者是谁也是众说纷纭，包括刘皂、李绅等，此处不予讨论。

漏壶

单调,意思是具有单一频率 f,或者说具有严格相等的时间周期 T。更漏滴水,应该设计得比屋檐滴水慢一些,但频率也在 0.5 Hz 左右,即大约每两秒钟滴下来一滴。这个频率是人类比较敏感的频率。失眠的夜晚,遇到这个频率的单调声响,确实"不堪闻"。与单调声音相对应的是白噪声,即在我们听觉能感知的频率范围(约 20—20 000 Hz)内大致满足强度与频率成反比的混合声音,$I(f) \propto 1/f$。沙沙细雨打在各种叶子上的声音,所谓"穿林打叶声",大约可算作白噪声。白噪声能让人的神经沉静下来,这就是为什么下雨天人们睡得香甜的原因。

"不是思君是恨君",这句从字面上可理解为主人公的言不由衷,但笔者愿意将之归结为作者因为不会表达而作的权宜表述。为了远方的那个人彻夜难眠、泪湿香枕,怎么可能"不是思君"而只"是恨君"呢。两种以上情感交织在一起,是常见的,故而有"爱恨交加""百感交集"之类

滴水

雨打芭蕉

的成语。不过,如果我们试图给描述加点儿定量的色彩,则会发现我们的语言常常会陷入"不是思君是恨君"这种非此即彼的"0~1"逻辑。这种简单的、两极化的逻辑显然是不足以描述类似情感这样的复杂存在的。于是,为了表达两者兼而有之,文学家们常常采用的策略是简单地令其各占一半,如元稹的《离思》:"取次花丛懒回顾,半缘修道半缘君"。当然,我们也知道这里的"半……半……"不是简单的1:1,可以理解得含混一点。可是"流泪"之归于"思君~恨君","懒回顾"之归于"修道~君",说是四六开、三七开也嫌轻浮啊。

这就让笔者不由得想到维特根斯坦(Ludwig Wittgenstein,1889—1951)的那句名言:"我的语言的边界(们)就是我的世界的边界(们)(Die Grenzen meiner Sprache bedeuten die Grenzen meiner Welt)。"语言限制了我们对世界的认识,语言也限制了我们对已有意识的表达。比如这里维特根斯坦的die Grenzen是复数形式,而我们汉语的边界却是

无所谓单数复数的。那么,对于那个让人"珊瑚枕上千行泪"的思与恨这两种对立情感所构成的爱恨交加中的"交加"该怎么描述呢？可巧,量子力学的叠加(就是"线的代数"中的矢量相加)为我们提供了一个有效的表达工具。文中主人公对远方那位心上人的情感是"思念"和"怨恨"的叠加,依量子力学可表达为 $|情感\rangle= \alpha|思君\rangle+\beta|恨君\rangle$,其中系数 α, β 是 $a+ib$ 这种形式的复数,满足 $\alpha^*\alpha+\beta^*\beta=1$,此处的星号表示取复共轭。如果你非要谈论这两种情感各占几分的话,那这 $\alpha^*\alpha, \beta^*\beta$ 就是两种情感各自的占比,可以按三七开、对半分来简单理解,可是内心的真实情感依然是 $|情感\rangle= \alpha|思君\rangle+\beta|恨君\rangle$ 这样的状态,哪里分得清是 $|思君\rangle$ 还是 $|恨君\rangle$！只是当有人问起或者扪心自问时,它才会随机定格于 $|思君\rangle$ 或者 $|恨君\rangle$ 的状态[此正是冯·诺伊曼(John von Neumann, 1903—1957)的量子力学测量原理]。这种采用复数(二元数)和复函数的量子力学表述是对情感起码的尊重。不复杂(complex, symplectic, manifold),何以为难以诉说的情感呢？如果这份情感能够简单诉说,它又何至于刻骨铭心？

数学里的数系,以及物理里的量子力学,为我们表达复杂事物、情形以及情感提供了复杂但因而却也变得简单明晰的表达工具。比如,这 $|思君\rangle$ 还是 $|恨君\rangle$ 的情感交加未必就是上述的简单叠加,还可能是更复杂的纠缠态,比如可表示为 $|情感\rangle= \alpha|前半夜思君\rangle|后半夜恨君\rangle+\beta|后半夜思君\rangle|前半夜恨君\rangle$。还有这一刻的情感未必只是思君与恨君的二元交织,说不定是在(怨己;思君,恨君,疑君)这样的双四元数结构上展开的情感世界呢？这样的情感状态,那得用到狄拉克的4分量(双旋量)波函数表示。打住。世界可以复杂,但不能再复杂了；对世界的描述可以追求简单,但不能更简单了。

之十四 王无竞《巫山》※

原文

神女向高唐,巫山下夕阳。
裴回行作雨,婉娈逐荆王。
電影江前落,雷声峡外长。
朝云无处所,台馆晓苍苍。

关键词：雨,雷,電影

※ 又作宋之问、沈佺期诗。

外两首之一

钱起

《离居夜雨,奉寄李京兆》

永夜不可度,蛩吟秋雨滴。
寂寞想章台,始叹云泥隔。
雷声匪君车,犹时过我庐。
电影非君烛,犹能明我目。
如何琼树枝,梦里看不足。
望望佳期阻,愁生寒草绿。

外两首之二

窦叔向

《寒食日恩赐火》

恩光及小臣,华烛忽惊春。
电影随中使,星辉拂路人。
幸因榆柳暖,一照草茅贫。

物理解释

  王无竞(652—705)和钱起(约720—约782)、窦叔向(约729—约780)的这三首诗都试图描述下雨这一自然现象。下雨,包括关联的刮风、打雷、闪电等现象是常见的诗歌素材。刮风、下雨、打雷、闪电的背后有大量的物理原理值得探究。对风雨雷电的理解,是物理学建立过程中的重要篇章。笔者关注到这三首诗,是因为它们含有容易误解(也未必算是误解)的"电影"一词。

阅读本节，请注意"電"与"电"的用法。

地球被太阳照射，光照强度一直在变化着，因此包裹着地球的大气层就有冷有热、忽冷忽热、此处冷彼处热。冷热不定的大气气压不均匀，于是就有气的流动，这就是风。大气的一个重要成分是液态水经太阳蒸发所形成的水蒸气。水蒸气在高空被冷却后凝结形成云，云彩因为上升的、较热的低密度水蒸气与下落的、较冷的高密度水（比如软雹）之间的摩擦会带电（electricity，具体机理存疑）。云上带电足够多时，会发生放电（electric discharge）现象，此过程发出的光在汉语中被称为"電"，试品味"電光石火""风驰電掣"等词。闪电，对应英语的 lightning，都指的是光。由于云彩上面的大气干燥容易被电击穿而云彩下面的大气非常潮湿不易被电击穿，故而闪电更多地出现在云彩之上而非云彩之下（感谢大自然不杀之恩）。放电过程会激荡起空气密度的剧烈改变，空气密度振荡向四周传播，在到达我们时引起我们耳朵的响应，这

電影江前落，雷声峡外长

就是雷声。当云彩中的水密度足够大时,水不再能够悬浮,于是会落下来,这就是下雨。

古人注意到风雨雷電是一起发生的,但不知道背后的道理,于是把这些现象归于具体的几位神的行为或者职责。《西游记》里就有风婆婆、雨神、雷公、電母的组合。有的说雷公使用棰(槌)棰鼓发声为雷;有的说雷公使用锤敲打钻(凿子)发声为雷。此外,还有雷声是雷神所驾之车发出的声音的说法,比如见于汉朝司马相如《长门赋》的"雷殷殷而响起兮,声象君之车音",这也是钱起诗中"雷声匪君车"一句的由来。電母的形象则是手持两面闪電镜,或者是一副钹,不管怎样,都是在一对相对的金属平面中间放出電光来。这个物理模型,简直正确得不能更正确了。后来,人们就是在一对带電金属板之间,当环境气体变得越来越稀薄时,发现了放電现象,进而发现了阴极射线(電子)和X射线,进而发明了日光灯和電子枪(进一步地有电视机、電子显微镜),对气体放

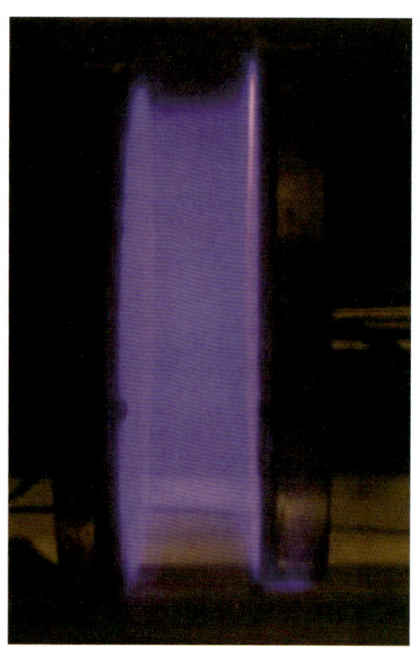

平行板放電与電母娘娘

58

电的光谱分析则带来了量子论。

英语 electricity 意义下的电,来自对摩擦带电现象的深入研究。字面上,electricity 就源自容易摩擦带电的一种物质 ἤλεκτρον(electron),就是琥珀(树脂)。Electric charge,我们现在随便就给翻译成了电荷,而且大家会觉得知道其为何物似的,而它实际的意思却是"琥珀上加载的不知什么东西"。后来的研究发现,天上的闪电可能与琥珀上加载的那东西是同样的东西,于是电磁学史上有了"Lightning is electricity"这个重大发现。关于 electricity 的研究是后来传入我国的,也许是因为 electricity 也产生電光的原因,我们把 electricity 称为電,则这句"Lightning is electricity"若译成"闪電是電"就显得有点儿纯属废话的感觉了。在引入了简化字"电"以后,电学常识也得到了普及,很多人可能都忘了我们汉语的"電"原来是闪電(lightning)、電光的意思。

電是光,作为随机发生、样子曲折蜿蜒的光源的闪电必然会在天空与大地上造成忽明忽暗、飘忽不定的影子,此所谓電影也。有趣的是,电学带来的一个重要技术进展就是提供了各种高亮度的光源。将光束透过照相胶片后投影到银幕上,如果胶片快速替换(一般采用24帧每秒),则胶片上典型人类行为的投影就有了非常连续、丝滑的感觉,于是就有了电影技术。西语中的 cinema(电影,电影院,电影艺术)本意就是"运动",指胶片的快速运动。电影的发明,让人类生活的文化品质得到了极大的提高。

露天电影

之十五 郭震《萤》

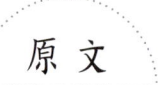

秋风凛凛月依依,飞过高梧影里时。
暗处若教同众类,世间争得有人知。

关键词:影,暗

原文大意

秋风凛凛,月儿挂在天边,萤火虫从梧桐树的阴影里飞过。如果躲在暗处与众生一个样儿(不发出点儿光亮),那世间哪里会有人知道它呢。

物理解释

郭震(656—713)的这首咏萤火虫诗是咏物言志的名篇,满篇没见一个"光"字,但我依然认为它的关键词是"光"。在昏暗的夜里,处处还有高树形成的阴影,如果还和其他物种一个样不(会)发出光亮儿,有谁会知道萤火虫的存在呢。由此,作者可能也希望读者们都能联想到,一个人,如果泯然众人没有一点儿过人之处,世间又有谁会在意他的存在呢?

天生万物,生生不息。一个生命来到世上,其本能的努力目的不外乎一是活下去(在此基础上再追求活得好一些),二是繁衍后代。就活下去这一条而言,除了要获得足够食物外,还要注意不要成为其他物种的食物。对于人类这种处于食物链顶端的存在,虽然如今不太可能被同类直接捕食,它也要避免成为同类竞争的牺牲品。为了不成为食物或者牺牲品,一般动物都会极力把自己长成毫不起眼甚至很丑陋的样子,极端的情形有枯叶蝶、竹节虫、鸟屎蝶(柑橘凤蝶)等。人类也要学会隐藏自己的优点与观点,其中我们中国人就特别讲究"蛰存""默存"的哲学。但是,另一方面动物还有繁衍后代的压力,这就要求其多少具有吸引异性注意的地方。枯叶蝶的翅膀合起来时如同一片枯叶,但当它展开翅膀时,其隐藏的翅膀内侧是非常鲜艳的。类似地,一些鸟类会长出特别鲜艳的羽毛。炫耀鲜艳的翅膀或者羽冠,这些是阳光下活跃的动物所采取的显摆策略,需要外部照明。萤火虫这种夜间活跃的精灵则是采用主动发光的模式。

萤火虫大部分成虫都是发光的,其雄性的第6及第7腹节为发光器,雌性的第6腹节为发光器。萤火虫发的光为黄光,落在动物视觉细

萤火虫

胞响应最为灵敏的波段。萤火虫发光器的最外层是透明薄膜(利于光的出射),薄膜下面是数以千计的发光细胞,周围密布着小气管和纤细神经分支,再下面是反光层(将向内发射的光反射出去)。这个结构是天然的,故是合理的,人类第一台激光器就是这样的部分透射镜-发光介质-全反射镜的简单结构。发光细胞中的主要物质是荧光素和荧光素酶,当氧气通过小气管进入发光细胞时,发光细胞内会发生复杂的化学反应(具体过程笔者不熟悉),伴随光的发射。笔者再次强调,**化学反应不是原子的再分布过程,而是电子的再分布过程**。反应物与生成物并不处于能量平衡状态,且电子态的调整会引起发光,发光是非常自然的化学反应伴随现象,一些长波长光的发射被稀里糊涂地理解为发热了。物理学很大一部分都是为了理解光而在忙乎。萤火虫通过调节呼吸节律,控制参与反应的氧气供应,就可以控制其发光的节律,传递某种信息。发光有利于萤火虫被同类注意到,提升了其繁衍后代的概率。

顺便说一句,蛙凭借叫声与同伴联络。在一些山涧里生活的蛙,山涧中的水流形成了强大的背景噪声,为了能够被同类注意到,这些山涧里生活的蛙就把叫声的频率提到了(人类的)超声波范围。为了不被社会所忽视,各种动物都是很拼的。

闻名于世是利是弊?大体上说是有利的,但对具体的个体来说就不一定了。是默默无闻还是尽人皆知,也许从来都不是选择而是命运的安排吧。

之十六 武三思《秋日于天中寺寻复礼上人》

原文

妙域三时殿,香岩七宝宫。
金绳先界道,玉柄即谈空。
喻筏知何极,传灯竟不穷。
弥天高义远,初地胜因通。
理诣归一处,心行不二中。
有无双惑遣,真俗两缘同。
摘叶疑焚翠,投花若散红。
网珠遥映日,檐铎近吟风。
定沼寒光素,禅枝暝色葱。
愿随方便力,长冀释尘笼。

关键词:归一,不二

物理解释

武三思(649—707)这首《秋日于天中寺寻复礼上人》中的"理诣归一处,心行不二中。有无双惑遣,真俗两缘同"两句富有哲理,让笔者大有感触。粗略看来,这两句的大意是:"理要到能归一的层次,思想在不二中。有与无这两端的疑惑要能放下,真与俗这两种缘法其实是一样的。"然而,这句"理诣归一处,心行不二中"虽然对笔者触动极大,但笔者必须承认对它的理解很浅,当前实在说不出个所以然来。就归一而论,这在数学、物理中简直就是一种信念、一种指导原则。笔者曾著有《得一见机——抱一的原则性意义》一书专门谈论这个"一"字在自然科学中的旨趣,分为"为一 Oneness""单位 Unit""一体 Unity""唯一性 Uniqueness""守一 Unitarity""统一 Unification""普适性 Universality""完备性 Completeness"共八章,从八个不同方面基于数学、物理中的实例讨论"理诣归一处"的奥义。虽然啰里啰嗦写了280页,终于还是不能道其深意之万一,可叹。

因为追求"万法归一",于是就有了"不二法门"的说法。有观点认为"不二"指"不是两个极端","不二法门"可理解为"独一无二的修行门径、方法",笔者以为这样的理解显然未能达到理解佛法的层次。诸君试看《维摩诘经·入不二法门品》"如我意者,于一切法无言无说,无示无识,离诸问答,是为入不二法门"这句,愚以为这显然是说佛法是一体(Einheitlichkeit, uinty)的存在,有"为一"的品质,不可作引起疑惑(doubt)、歧义(ambiguity)、分岔(bifurcation)的言说、示识与问答。言说是误解的开始,所以佛法"离诸问答,入不二法门"。其实,高深处的数学、物理也是这般的存在,识者自识、不可言说,"一说便不中",故当"入不二法门"。注意ambiguity的ambi-,bifurcation的bi-,都是"二";而doubt(德语为Zweifel)这个表示疑虑的词干脆本身就是"二"。"二者,惑也。"西方语言属于印欧语系,源头是梵语,或许早已经深受佛法影响,深得"入不二法门"的精髓。

不二哲学也许只应体现在抽象的"理、法"的层面,在数学、物理的很多具体问题上却表现出多姿多彩的"二"来,而且必须要表现出"二"来。比如,物理学基本概念是"相互作用(interaction)",外场作用通过耦合(coupling)来实现,物理量甚至关系、方程要讲究对偶性(duality),理论必有两个层次(热力学要在能量与熵两个层面上展开,碰撞过程要满足动量守恒和能量守恒),等等。那些在物理上起关键作用的数学包括二元数(即复数)、平方(反比)律、方差(涨落)、二次型、二阶微分方程等。可以说,物理学就是个非常"二"的存在。相关思考笔者正在梳理中。

有趣的是,我们的唐代诗人也许是误打误撞地意识到了"不二"在另一个方向上的意义。如果放宽到"二",势必带来"三"的问题,那可就麻烦了。沈佺期(约656—716)在《九真山净居寺谒无碍上人》一诗中有句云:"机疑闻不二,蒙昧即朝三。"笔者愚昧,弄不清诗人这句话的确切含义,我只能瞎猜诗人是不是想说"天机(机理,mechanism, mechanics)之疑应该遵从'不二'的哲学,到'三'只会走向蒙昧的结局"。熟悉非线性动力学的唐诗爱好者都知道,逻辑斯蒂映射(logistic map) $x_{n+1} = rx_n(1-x_n)$ 会随着参数 r 的增大出现周期分岔,周期数依次为 $2^0, 2^1, 2^2, 2^3...\infty$。在无穷大之后会出现周期3,此后方程的迭代结果就变得不可理喻了,因此有"Period three implies chaos(周期3意味着混沌)"的说法。不知道这"周期3意味着混沌"是否暗合沈佺期的"蒙昧即朝三"之意?

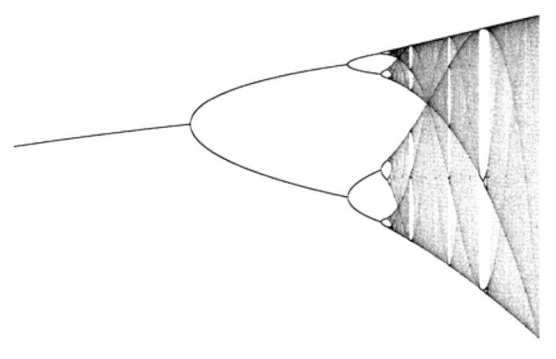

逻辑斯蒂映射

之十七 李颀《登首阳山谒夷齐庙》

原 文

古人已不见,乔木竟谁过。
寂寞首阳山,白云空复多。
苍苔归地骨,皓首采薇歌。
毕命无怨色,成仁其若何。
我来入遗庙,时候微清和。
落日吊山鬼,回风吹女萝。
石崖向西豁,引领望黄河。
千里一飞鸟,孤光东逝波。
驱车层城路,惆怅此岩阿。

关键词:光,波,逝波,孤波

知识补充

山西、河南、甘肃等地皆有首阳山。山西省永济市南(一说甘肃渭源县莲峰镇内)的首阳山,乃是传说中伯夷、叔齐采薇隐居的地方。当年周武王伐纣,伯夷、叔齐二人拦路谏阻。武王灭商后,伯夷、叔齐耻食周粟,采薇而食,饿死于首阳山(见《史记·伯夷列传》)。

物理解释

李颀(？—约753)的这首《登首阳山谒夷齐庙》是比较单纯的叙事诗，抒情的色彩很淡。这首诗给笔者以震撼的是富含物理内容的"孤光东逝波"。按上下文，诗中言道："石崖向西有个豁口，我(作者)在这里伸长脖子望黄河。广漠的天空下就见到一只飞鸟，而在水面上一处闪亮的地方让我看到了往东逝去(渐弱)的波。"

首先说"波"字。从字面看，"波乃水之皮"，我们老祖宗造字可科学了，水确实有皮。一般液体，表面处的分子密度比内部小，而水是反常的，水表面的分子密度比内部大，如同冷却的豆浆那样有皮。水之皮的弹性还恰恰好，在20 ℃下水的表面张力约为72 mN/m。这个大小的表面张力既大到水面的弹性会表现出波动来，又小到水黾这样的小昆虫都足以扰动出可观的水面波动(涟漪)。波的概念深入人类的思维，波成了物理学的基本概念。按照当今物理学的观点，光是波，有质量粒子也是波，我们为此还发展了波力学(Wellenmechanik，wave mechanics，量子力学的一个别名)。物理学，如果当作文学，它的名字首选应是《波

蜉蝣激起水波

的故事》。

物理里常见的波表示有形如 $e^{i(k\cdot r-\omega t)}$ 的平面波和形如 $\frac{1}{r}e^{ik(r-vt)}$ 的球波。这些是能够传播到远方的波。还有一种波,称为倏逝波(evanescent wave),它会快速衰减,不能传播到远处去。不用数学了,就直接说现象吧。当一束光从折射率较大的光密介质射向折射率较小的光疏介质,且入射角足够大已经超过了临界角,此时会发生全反射现象。按一般教科书的说法,发生全反射时没有光的折射,而只有光的反射。实际情形是,界面处在光疏介质一侧还是有光场分布的,只是此处的光是倏逝波,其强度在离开界面的方向上迅速衰减。设想光疏介质是空气,如果这时在光疏介质外面将一块介电常数相近的光密介质慢慢靠近到距离达光波长量级时,在后来的光密介质里能再现折射束。这个现象其实很好理解,因为如果是同样的介质直接靠上来,间距为零,那就是介质加大,原来的入射束延长了。逝波,是强度衰减的波;倏逝波则是强度迅速衰减的波。

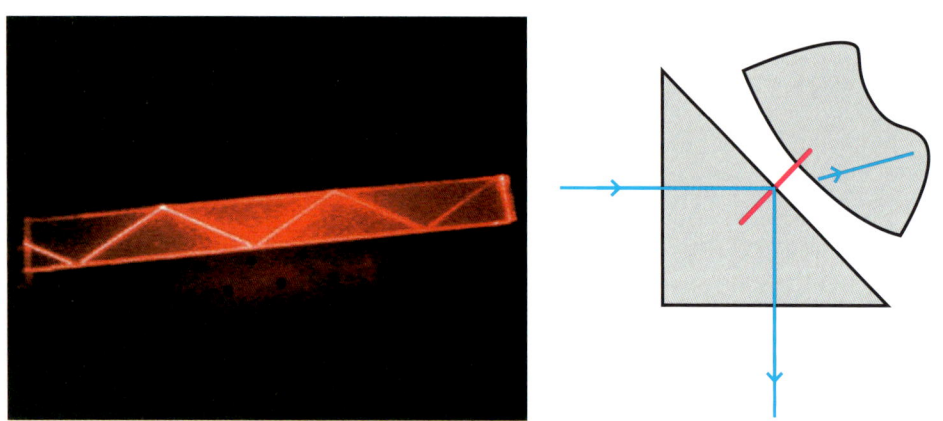

光的全反射。移动另一块光密介质靠近反射面至波长大小的距离时,会挽回缺失的折射束

1834 年,英国工程师罗素(John Scott Russell, 1808—1882)发现在运河里航行的船,在船头处会激起一股比较高的浪头,以差不多 4 m/s 的速度自顾自往前跑去。这种水波被称为孤波(solitary wave)。孤波

的产生是一个非线性动力学过程。用光也可以产生光学孤波。

现在再回过头去品味一下"孤光东逝波",是不是会发现它浑身都是物理?从石崖的缺口处远望黄河,水面上正好有一道孤波反射着阳光,向远处渐渐逝去。老祖宗写诗,诚不我欺。

冲向沙滩的孤波

顺便提一句,沈佺期的《自昌乐郡溯流至白石岭下行入郴州》一诗中有"驰波如电腾,激石似雷落"一句。驰波,即行波(running wave, traveling wave),大概就是钱塘潮规则地往前奔涌的样子。行波可以一般地表示为$u(x,t)=g(x-vt)+h(x+vt)$,其中v是波速。与行波相对应的是驻波(standing wave)。将琴弦两端固定住,其振动就可以用驻波描述。

之十八 张说《和尹从事懋泛洞庭》

> 原 文

平湖一望上连天,林景千寻下洞泉。
忽惊水上光华满,疑是乘舟到日边。

关键词:水,平,光

原文大意

平静的湖面,一眼望去,湖水在远方与天相接;湖畔有山林,(自山顶算起)千寻之下有水汇成洞泉。忽然惊恐地注意到湖面布满光华,以为自己乘船到了日边。

物理解释

张说(667—731)的这首诗据说写的是洞庭湖与湖上君山的景色。读者如果见过开阔、平静的湖面,湖水的边缘部分映着水边的山、林景色,湖水的中间部分映着天上的白云,局部因风吹皱水面泛起粼粼波光,就能够体会这首诗的意境。

这首诗的物理对象是水。水是一种特殊的物质,能作为镜子。幸亏水有这个功能,我们人类才在很早的时候就能够知道自己长什么样子。人类是太在意自己的长相了,在学会制作铜镜、银镜(就是我们误以为的玻璃镜子。玻璃只是起到支撑的作用,起到镜子作用的是玻璃后面镀的一层银膜)之前,人类只能临水照镜。西方神话里,有少年

平湖一望上连天

Narcissus 太喜欢对着水面端详自己的长相,结果某一天一不注意滑入水中淹死了。少年于是化作了水仙花,执着地长在水边,这样可以随时照镜子。这就是为什么西文中多把水仙花称为 Narcissus 的缘故。

我们知道,光是电磁波。可见光的频率约为 3.8×10^{14}—7.7×10^{14} Hz,对应的波长约为 390—780 nm。对于可见光范围内的电磁波有足够大反射率的物质才能作镜子用,因为照镜子是镜子把我们身体反射的光给反射到眼睛的过程。对于具体的物质,当光的频率超过该物质的等离子频率(plasma frequency)时,它会深入到该物体的内部;与此相对,若光的频率低于该物质的等离子频率则会有较大的反射率。我们看到,银的等离子频率约为 2.17×10^{15} Hz,银对整个可见光范围的光都有较大的反射率,因此银是

水平为鉴

[清]朱本《对镜仕女图》

做镜子的好材料。铝的等离子频率约为 $22.0×10^{15}$ Hz，铝对整个可见光范围的光都有很大的反射率，更是做镜子的好材料。与之相比，铜的等离子频率为 $1.79×10^{15}$ Hz，其对可见光短波长部分的反射率不足，故铜镜的效果就比银镜差很多。水的振动模式太多，电磁波激发水的振动机制比较复杂，水对波长为 800 nm 的光的反射率约为 50%，但到了 650 nm 以下的反射率基本就在 10% 左右，因此水面只能凑合当个镜子用，大致能映射出我们的长相。

当然，一个物体能当镜子用，还要求它是平的。这样，各处的反射条件才大致是一致的，物体上的各点间的近邻关系才能忠实地被反射后的光线之间的近邻关系所反映，也就是说不会带来大的扭曲。这就是为什么水面要平静时才能作为镜子，即此诗中所谓的"平湖一望上连天"，而铜块则要磨平了才能当镜子。银子太软，因此银子很难形成大面积的平面。后来，人们发明了银镜反应，即将银氨络合物与乙醛混合发生化学反应，还原出的单质银以原子形态附着在固体表面上形成薄膜，反应式为

$$CH_3CHO+2[Ag(NH_3)_2]OH \xrightarrow{\Delta} CH_3COONH_4+2Ag+3NH_3+H_2O$$

如果银镜反应发生在平的玻璃面上，银就会在玻璃表面上附着形成平整的银膜。当然也可以直接在真空中向玻璃表面上蒸镀银膜。玻璃透光，对银膜提供力学支撑以及对银膜之一面的保护，银膜暴露的另一面可以通过涂漆加以保护。这样，我们就有了能清晰地照出我们真切长相的镜子了。

"水-平-镜"之间的关系，《庄子·外篇·天道》中的一句尽情道出：

"水静则明烛须眉,平中准,大匠取法焉。水静犹明,而况精神!圣人之心静乎!天地之鉴也,万物之镜也。"此中有"水平,水准",可见"鉴,镜,取法",我们祖先对自然现象的观察与思考,够水准。

顺带说一句,"忽惊水上光华满,疑是乘舟到日边"的感受对于在海面上飞行的飞行员来说是真实的危险。广阔的海面映照着天空,海天一色还没有其他参照物,飞行员很容易恍惚,弄不清哪是上、哪是下。所幸,飞机上安装有陀螺仪,可以明确指示上下。

之十九 刘长卿《安州道中经浐水有怀》

原 文

征途逢浐水*，忽似到秦川。
借问朝天处，犹看落日边。
映沙晴漾漾，出涧夜溅溅。
欲寄西归恨，微波不可传。

关键词：微波

外一首

刘长卿
《赴宣州使院，夜宴寂上人房，留辞前苏州韦使君》

白云乖始愿，沧海有微波。
恋旧争趋府，临危欲负戈。
春归花殿暗，秋傍竹房多。
耐可机心息，其如羽檄何。

---

* 浐水，发源于秦岭北麓的陕西蓝田县。朝天处应是指长安。

物理解释

刘长卿（？—约789）的这两首诗中都有一个重要的概念"微波"。水是诗词中常见的主角，捎带着水的一些性质便会自然地代入诗词中。水有皮且表面张力大得恰到好处（见李颀《登首阳山谒夷齐庙》一节），能够为外力激起形成波动。取决于外部激励信号的强弱，这水面可以是波涛汹涌、波浪翻滚，也可以是波澜不兴、波澜不惊。微波，应该是振幅不大的水波。就以人眼观察河面而论，这振幅应该是 2—3 cm 左右的。张籍《采莲曲》云"青房圆实齐戢戢，争前竞折漾微波"，嗯，晃动荷梗漾起的水波，应该是微波的样子。

微波荡漾

因为我们用水波的形象描述物理学中的许多现象，微波不出意外地成了物理学专有名词，不过这里的"微"，是说波长微小。微波，microwave，按现在无线电频率工程的规定，波长在 30 cm—3 mm 范围内的电磁波算微波。我们家用的微波炉，电磁波频率在 2.45 GHz，波长约为12 cm。微波的波长显然比我们从前广播用的无线电波波长(百米量级)要短得多,不利于绕开山体之类的障碍。但是,微波通讯具有容量大、保真以及传输距离远等特点,因此微波通讯是重要的通讯手段。

顺便说一句,水对大频率范围内的电磁波都有强烈的吸收,因此水下使用电磁波通讯是不现实的。可是,水是介质啊,水能传递振动,因此利用声波信号可以实现水声通讯。当前,我国已经实现万米以上级的图像水声传输,潜入海底的深潜船可以往水面船只实时发送数字化图像。水的微波终究还是获得了传递信息的功能。诗中说"欲寄西归恨,微波不可传",那是诗人没有处在我们这个技术高度发达的时代。在今天,这句可以改为"欲寄南北东西归恨,微波代为传。请问您选择使用电磁微波还是水微波?"

之二十 包何《赋得秤,送孟孺卿》

原文

愿以金秤锤,因君赠别离。
钩悬新月吐,衡举众星随。
掌握须平执,锱铢必尽知。
由来投分审,莫放弄权移。

关键词:秤,锤(权),钩,衡,星,掌握/执,平,锱铢,投分

原文大意

为君送别,我想赠君金秤锤。秤钩如同一弯新月;秤杆扬起,能看见秤杆上的星花。掌握秤的提纽和秤砣,(移动秤砣到)秤杆水平时才去读数,要做到锱铢都能计较。从来用秤称重都是基于信任确定斤两的,可不能随意移动秤砣。

知识补充

杆秤属于度(测长度)、量(测量体积)、衡器具中的衡器,称量重量,但严格说来它测量的是质量。我国

度量衡,实验物理学的起源之一

77

出土的公元前700年前的文物中就有杆秤。杆秤的主体是一根木杆,这也是杆秤之名的由来,秤杆上有一套甚至两套用金属做的星花,其他部件包括固定于秤杆最前端的钩子(可以挂住待称物品)或者秤盘之类的容器(放置待称物品),固定于秤杆前端的提纽,以及一个可自由移动的秤砣(秤锤、权)。

锱铢是旧时很小的重量单位,旧制锱为一两的四分之一,铢为一两的二十四分之一。锱铢必较被用来形容一个人小肚鸡肠,太过计较。然而,笔者凭直觉以为锱铢必较一定是一个褒义词,用于夸赞衡器的高分辨本领。南宋陈文蔚的《朱先生叙述》有句云"先生造理精微,见于处事,权衡轻重,锱铢必较",可资为证。"权衡轻重,锱铢必较"的意思是称重时能达到分辨锱铢的水平。

投分,一般理解为意气相投、投缘。常见的词语解释会引用骆宾王《夏日游德州赠高四》中的"缔交君赠缟,投分我忘筌"。投分与缔交对仗,确实是投缘的意思。但是,用意气相投来理解这首诗里的"由来投分审"就有点儿勉强了,参与一个称量事件的各方(买卖双方以及见证人)不是因为意气相投才凑到一起的。如果我们把骆宾王的《夏日游德州赠高四》接下来多读两句,"缔交君赠缟,投分我忘筌。成风郢匠斫,流水伯牙弦",就能读到一个词:"信任"。"成风郢匠斫"出自《庄子·杂篇·徐无鬼》:"郢人垩漫其鼻端若蝇翼,使匠石斫之。匠石运斤成风,听而斫之,尽垩而鼻不伤,郢人立不失容。"任由同伴用斧头去砍自己鼻尖上的石灰还"立不失容",玩的就是信任。衡量这件事,其基础也是信任。

物理解释

作为新中国刻意同外国联合培养的第一批实验物理学博士,笔者读到包何(唐天宝年间进士,生卒年不详)的这首《赋得秤,送孟孺卿》时感到格外震惊。从今天的与科学仪器研制有关的实验物理学角度来评价,包何对杆秤这种衡量仪器及其操作的描述都是全面的、精准到位的。一个诗人,用短短的40个字,还要扣除客套话,就正确地论及了杆秤这种衡器及其应用的各个方面,此人绝对是个从事科学研究的好把式。

杆秤是一种古老的衡器,对社会发展起到过重要的促进作用。杆秤的工作原理是杠杆原理,看似简单,但是作为一种实用衡器,其制作以及应用所涉及的诸多道理是劳动人民长达千年的智慧结晶,其中的很多内容没有多年科学仪器使用或研制的经验未必能体会到。借着2022年6月的中国科学院科学公开课的机会,笔者准备了一场《物理学从不浅薄——从一根杠杆说起》的报告。笔者大胆妄言,一个人若说得清杆秤制作与应用相关的道理,做一个实验物理博士生还是绰绰有余的。

杆秤与天平一样,其工作原理是杠杆原理(the law of the lever),此原理早在两千多年前人们就认识到了。一根杆,支在某个支点上,一头加重物(load),相应的重力(矢量)记为 F_1,其着力点相对于支撑点的位置矢量记为 r_1;在另一处施力(effort,努力),该力(矢量)记为 F_2,

杆秤

其着力点相对于支撑点的位置矢量记为 r_2。如果施加的力超过某个临界值,重物会被翘起。如果只是想把重物翘起、悬停,则平衡(杠杆取向不再改变)的条件为 $r_1 \times F_1 + r_2 \times F_2 = 0$,其中符号"×"的意义是矢量的外积的对偶,即叉乘。$r \times F$,物理上称为力矩,是转动的驱动力。平衡条件 $r_1 \times F_1 + r_2 \times F_2 = 0$ 的直观意义是这两个力的结果不造成杆的转动状态改变(如果杠杆已被带到一个静止状态,则在此条件下杠杆就不会转动起来)。两矢量外积的结果是一种称为二矢量(bivector)的量,就是磁场强度 B 那样的诡异存在(如果你不觉得电磁学有多难,那说明你不适合学它)。你看,杠杆原理一开始,一般理工科大学生的数学基础就不够了。

我们在一般教科书里学到的杠杆原理,是简化版的。首先,是忽视 $r \times F$ 这种乘法的数学与物理意义而只关心它的数值 $|r||F|\sin\theta$,其中 θ 是矢量 r,F 之间的夹角。现在,平衡条件简化成了 $|r_1||F_1|\sin\theta_1 = |r_2||F_2|\sin\theta_2$。对于天平和杆秤处于可读数的特殊情形,此刻杠杆是水平的,力 F_1,F_2 都是垂直向下的,因此 $\theta_1 = \theta_2 = \pi/2$,平衡条件

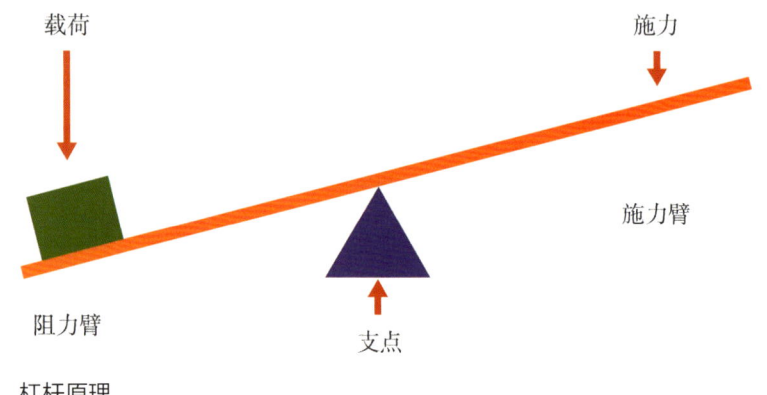

杠杆原理

可以简化为 $m_1gl_1 = m_2gl_2$（支点到着力点的距离改为惯用的 l_1, l_2）。把两边的重力加速度（值）g 消去，平衡条件进一步简化为 $m_1l_1 = m_2l_2$。这是杆秤的平衡条件。已知待测物体对应的臂长 l_1 是固定不变的，作为标准物体（秤砣）的质量 m_2 是固定的，读取平衡时秤砣对应的臂长 l_2，就能计算出待测物体的质量 $m_1 = m_2l_2/l_1$。如果是天平，因为两侧臂长相等，$l_1 = l_2$，平衡条件更是进一步简化为 $m_1 = m_2$。也就是说，砝码的（总）质量 m_2 就是待测物体的质量 m_1。你看，此诗中的"掌握须平执"是杆秤或者天平操作手册里必备的一句。

提醒读者们注意，弹簧秤与杆秤不一样，杆秤测量的是质量，而弹簧秤称的是重量。同一物体在地球上不同地方其重量略有不同。

天平

好，现在我们知道了杆秤的工作原理，但是这离获得一杆值得信赖的、科学的杆秤还差得远哩。首先，杆秤和天平利用的都是杠杆原理，其关键点除了杠杆以外，就是支点。物理的支点可是有大小的，如果支点在沿杠杆的方向上有一定的宽度，则平衡条件也就有了一定的范围，也就是说 $m_2 \sim m_2 + \Delta m_2$ 都能和另一端的 m_1 取得平衡。这就是我们在菜市场买菜时发现多放个萝卜也不见秤杆失衡的原因。为了提高灵敏度（分辨率），好的天平支点要做成刀刃状。

杆秤的支点是靠提纽下部的圆孔套住一个穿过秤杆的金属轴实现的，那个金属轴应该越细越好，圆孔与那个金属轴之间的接触越顺滑越好。诗中的"锱铢必尽知"是对杆秤灵敏度的要求。

把与杆秤提纽有关的灵敏度问题放到一边，还是回到衡量问题。杆秤的平衡条件为 $m_1 l_1 = m_2 l_2$，读取平衡时秤砣对应的臂长 l_2，就能计算出待测物体的质量 $m_1 = m_2 l_2 / l_1$。但是，咱买菜时也不能带着公式随时算吧。实际的做法是，把秤砣的位置，即 l_2，根据 $m_2 l_2 / l_1$ 给换算成测量结果 m_1，直接标定出重量（质量）来。秤杆上用来标定读数的，是用嵌入铜丝然后割断所形成的秤星。旧制一斤是16两，一斤对应的16个"两"的位置上的秤星据说来自南斗六星、北斗七星以及福禄寿三星。这就是一般仪器都有的标度（scale）问题。你实际测量的是一个物理量（杆秤测量的是距离），你想得到的是另外一个物理量，这里面的如何对应或换算的问题就是标度问题。请读者朋友借机好好思考一下温度计的工作原理与温标问题。

现在，有了一根杆秤，配了一个秤砣，可以从秤砣位置 l_2 根据 $m_2 l_2 / l_1$ 换算成测量结果 m_1。显然，秤杆只有有限的长度，也就是说只能测量一定范围内的 m_1。这就是一般仪器都有的量程（range）问题。为了改变量程，或者为了适用于不同量程预期的使用场景，可以用另外一个秤砣 m_2'，l_2 根据 $m_2' l_2 / l_1$ 换算成测量结果 m_1。另一种策略是改用另一个提纽，也就是用其他的 l_1 值。因此，有的杆秤会配两个秤砣，而有的秤有两个提纽；为此这秤杆上要有两套标度，需要制作两套秤星。

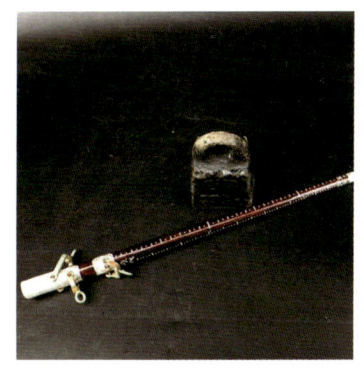
一根有两个提纽、两套秤星的杆秤

我们谈论了杠杆原理以及秤砣质量，尚未顾及秤杆本身也是有重量的。秤杆本身的重量也是参与了杆秤的平衡的。不管待测物体质量是多少，也就是说不管秤砣平衡时的位置，秤杆都是全身心参与平衡的。这样秤杆对不同秤砣位置所对应的测量结果的影响程度是不一样的。这就涉及一般科学仪器对影响因素的消除或者补偿问题。杆秤的底层原理是力矩的平衡,离支点越远,单位大小的力所贡献的力矩就越大。我们注意到杆秤的长臂端是渐细的,这是因为人们力图让秤杆自重对力矩的贡献——应该表示为积分 $\int_0^l x\rho r^2(x)\mathrm{d}x$ ——与 l 成正比,为此秤杆的粗细随位置的变化 $r(x)$ 是非常有讲究的。制作杆秤的难度更多地体现在这里。

"由来投分审",这句提醒我们测量的基础是互信,是约定。杆秤,用可观测的距离 l_2 根据 $m_2 l_2 / l_1$ 换算成质量测量结果 m_1,换算的因子是 m_2 / l_1,其中 m_2 是秤砣的质量。显然,秤砣是标准(standard),而标准应该是统一的、为大家所认可的。标准的秤砣应该由权威部门发布,可复制、可比对,而且具有恒常的特性(自身不能轻易变化)。请注意秤砣的名称为"权",用秤称量叫"权衡"。秦始皇统一度量衡,其措施之一就(必)是发布标准的秤砣,即秦权。我国历史上的铁制、铜制秤砣,其作为质量标准不尽如人意,因为会生锈。近代法国建立起了系统的测量制(metric system,被错误地翻译成了米制),确立了各种物理量的标准,其中的千克质量原器是不生锈的铂铱合金。法国的标准局还是高水平的基础物理研究机构,恰是对时间标准上百年的持续追求,它才准备了足够多的原子物理知识,制作出了作为当今导航系统基础的原子喷泉钟。测量的背后是深刻的物理,不是买台仪器静待它往外吐数据。你拿根冰棍对着红外测温仪,红外测温仪报出 38.2 ℃,错在你不在它。

现在,我们制作了一杆精美的杆秤,还弄来了国家权威部门发布的秤砣,接下来还要做的事情是校准。校准(calibration),是所有测量仪器投入使用前必做的事情。就杆秤而言,秤星标注4斤的地方真的对应4斤物体与秤砣的平衡位置吗?实际做法是,在量程范围内选择足够多的、间隔均匀的质量标准,找出秤砣的具体平衡位置,然后再做上秤星作为标度。比如,若国家权威发布的秤砣定义为半斤,你可以用秤砣去称量2,4,6个秤砣,在相应的读数位置上加上主要的(major)秤星,那是整斤对应的刻度。这些主要刻度是实际校准而来的。将相邻两个主要秤星之间等距离划分,加上次要的(minor)秤星。如果采用一斤十两制,中间就加九组次要的秤星。这些"两"读数的位置,是用长度等分而来的,未经校准。对于蔬菜买卖来说,"两"层次上的不精确是可容忍的。如果是买卖金银,则需要更小的标准秤砣,间隔更小的、经过校准的刻度。

一种量器、衡器,其真正的原理是约定,是共识,是测量者的知识、态度与人品。此诗收尾的"莫放弄权移",就是因为诗作者对称量的猫腻见得多了,才呼吁不要玩弄移动秤砣的把戏。实际上,在杆秤上做手脚,可能性太多了,这包括用非标准秤砣(买时用重秤砣,卖时用轻秤砣;类似使用量器时的大斗进,小斗出),用较粗的秤砣挂绳(其对应许多仪器的读数指针),用比较涩的提纽,等等。在称量时"弄权移",即手上加点儿花活,很容易得到有利于己的称量结果。从前资源短缺,秤是稀罕物,市场上甚至有专业掌秤的,手上全是花活儿。秤的掌握有诀窍,测量结果难免令人起疑,人们锱铢必较也是争取自身权益的自然行为。想象一下张飞或者李逵在市场上手执一杆秤两眼圆睁为众人提供称量服务,你就知道什么是"权-威"。人们希望在称量(买卖)时看到秤的平,看到掌秤的人能做到一视同仁,故而秤、天平成了公正的象征,那是人们的愿望。然而,掌秤的人有占便宜的天然喜好,也理解人们锱铢必较的心理,故其"弄权移"时会尽可能地把占便宜限制在人们能容忍的范围,他得意的是小便宜的积分,即所谓的财富积累。容忍(误差,公差),tolerance,是个从人类心理走入数学、物理的概念,容易理解吧。

稍微学一点测量、测量设备以及测量操作的底层知识,您就知道很多所谓的科学测量其实根本不科学。您知道作为一个实验物理博士和资深实验物理教授的不良后果是什么吗?那就是我几乎不相信任何所谓的测量结果,这种不信任是对于测量原理、测量设备构造以及测量者水平、态度与品行的全面不信任。当然,因为知道了这背后的道理与机巧,我也不会和任何的测量结果别扭。

我希望我们的中学物理老师能够给学生们讲授清楚杆秤(包括天平、弹簧秤)里的学问,那是科学的起源处之一。

在撰写本节时,笔者领悟到了"锱铢必较"的本义:1)作为衡器的分辨本领;2)参与衡量者对结果的质疑以及由此而来的争取自身权益的自然行为。这个收获让我很开心。与此同时,从这首诗里能看出先人们对自然的深刻理解,这些学识没能发展成为成体系的自然科学,太可惜了。

之二十一 薛能《行路难》

原文

何处力堪殚,人心险万端。
藏山难测度,暗水自波澜。
对面如千里,回肠似七盘。
已经吴坂困,欲向雁门*难。
南北诚须泣,高深不可干。
无因善行止,车辙得平安。

关键词:测度,回肠,车辙

原文大意

走到何处力就堪堪用尽了呢?人心那是万端险恶啊。互相遮掩的山峦(上的路)难以测度,暗处的水自己会生出波澜。在这样的山区,对面如隔千里,而这路也是回肠曲折。已经遭遇过吴坂的困厄,想到达雁门也是太难了。这从南到北的长途催"马"泪下,山峦的高深也几乎不可到达。哪里有什么俺善于行止啊,俺是顺着已有的车辙前行才得以平安的。

---

* 雁门,雁门关,位于山西省忻州市代县,是长城上的重要关隘。吴坂,在今山西运城平陆县境内。运城平陆县在太原南略偏西约350公里,雁门关在太原北略偏东约150公里。由吴坂向雁门,千里的山路,可不是"南北诚须泣"嘛。

破解过程略述

关于这首诗,一般文献里的解读会说,借助这首诗,诗人想表达人行走在崎岖的道路上所面临的困难和挑战,以及诗人对于艰险前行的勇气与对平安到达的向往。然而,顺着这个思路,逐句解读这首诗是说不通的。遇到这样的问题,物理研究的方法就派上用场了,就是到其他相关情景中去找线索、找启发,凭借"自洽性"由彼处的描述来判断此处的描述之所指。笔者发现,在读过谢观的《吴坂马赋》和汪遵的《吴坂》后,问题迎刃而解。薛能的这首《行路难》其主角是马,诗人借马之口表达人的感慨。吴坂在今山西运城平陆县境内,又称颠軨坂。运城有盐湖,吴坂出马。在唐朝,盐就是财富,有盐湖的地方就有盐的运输业,吴坂马就被用于拉盐车。谢观的《吴坂马赋》中有句子"吴坂之马兮骏且奇,伊孙阳兮知不知……徘徊龙厩之侧,蜷局盐车之下……善相爰来,精神陡回",而汪遵的《吴坂》诗云"蹄躅盐车万里蹄,忽逢良鉴始能嘶。不缘伯乐称奇骨,几与驽骀价一齐"。读过《吴坂马赋》和《吴坂》,立马明白此处的"吴坂困"的意思了,那是马的"未遇善相只能蹉跎盐车"的困厄,自然是用来暗指人的怀才不遇。

这些唐朝诗人显然都是熟读《战国策》的。《战国策·楚策四》有"骥伏盐车"的典故,全文不长,照录如下:"夫骥之齿至矣,服盐车而上太行。蹄申膝折,尾湛胕溃,漉汁洒地,白汗交流,中阪迁延,负辕不能上。伯乐遭之,下车攀而哭之,解纻衣以幂之。骥于是俛而喷,仰而鸣,声达于天,若出金石者,何也?彼见伯乐之知己也。"诗中显然用到了这个典故。

有文献解这句"已经吴坂困"为"早已被吴国的陷阱困住",真是岂有此理。

物理解释

薛能(?—880)是山西汾阳人,其熟悉吴坂马的遭遇并借咏马而感叹人生境遇,没有什么特别的。这首诗引起笔者注意的是"藏山难测度""对面如千里"和"车辙得平安"这三个半句,都大有深意。

物理学的第一要务是研究运动。研究运动就要会描述运动轨迹(trajectory,trace),就是《行路难》的路(path)。如同这首《行路难》所强调的那样,路是弯曲的。

如何描述弯曲的路以及弯曲的面,需要高深的数学功夫。对于天空中行星的弯曲轨道,我们脚下的大地这种弯曲表面,其测量(测度、度量)是科学史上浓墨重彩的一笔,前者有以丹麦人第谷(Tycho Brahe,1546—1601)、德国人开普勒为代表的天文学家,后者有以德国人高斯(Carl Friedrich Gauss,1777—1855)为代表的物理学家。学数学、学物理的朋友一定要花点儿时间了解一下相关的人与事,还有学问。关于特定几何空间中长度、面积等量的描述,会用到测度(measure)这个概念,它是空间的特征。学统计物理、相对论等内容的朋友最好熟悉一下关于测度的学问。

现在我们仅讨论行路所关心的路途长短问题。如果熟悉分形几何(fractal geometry),就会理解这里的"藏山难测度"一句的深意。人们都听说过一个国家有多长的海岸线的说法,但很少有人能认识到这种说法的不恰当处。1967年,英国数学家曼德尔布罗特(Benoit Mandelbrot,1924—2010)注意到英国关于其海岸线长度的说法存在巨大的差异,这

藏山难测度……对面如千里

引起了他关于"不列颠的海岸线到底有多长"的思考,这一思考不要紧,他发现"海岸线多长"的说法可能是不科学的。对于海岸线这类犬牙交错的曲折线条,其长度的量度结果取决于你用多长的(直)尺去度量:尺子越短,你测量到的海岸线的长度就越长。用数学术语来说,直线的维度为1,是个整数,而海岸线的维度不是整数,而是分数,约为1.14。如同海岸线一样,山路这种曲折得忽隐忽现的曲线也是分数维结构的,其长度很难度量,难怪诗人要感叹"藏山难测度"。

对于山区以及西北高原那样满是沟沟壑壑的地貌,两点间的距离不能按视觉上的三维空间里的直线距离来算,而是要依着地貌上的某条路径来算(曲面上的路径积分了解一下)。有了这个思想准备,再学一点黎曼几何,就能学广义相对论了。对面能看到的地方,走起来也说不定有千里之遥(夸张了一点,但原则上没错),而那依着弯曲表面的路径更可能是九曲回肠十八弯。"对面如千里,回肠似七盘"就是对曲面上的距离和路径的诗意表述。"望山跑死马"的道理,马儿都懂。

最后一句的"车辙得平安"更是道出了一个影响中国历史进程的决策的物理基础。从前的道路,泥土路、石子路,很容易被车辆压坏,会留下车辙。车辙对日常生活的影响很大,故古文中有很多涉及车辙的成语如涸辙之鲋、重蹈覆辙、如出一辙、改辕易辙等,生动地给我们讲解了泥土路上留下车辙所带来的故事及事故。车子行过,压出的车辙还不浅,下雨了会积水,积水的车辙里甚至有鱼。路上已有车辙了,那地面忽高忽低,后来的车子的车轨如果符合已有的车辙,它就能走得比较顺当(看出"出一辙"的重要性了)。这就是此诗中所说的"车辙得平安"。顾况《上湖至破山赠文周萧元植》有句"一别二十年,依依过故辙",说的就是这个道理。后来的车子的车轨如果与已有的车辙不符,那问题就麻烦了,车子倾覆是难免的。前面走过了与已有车辙不合轨的车子,倾覆了,路上的车辙就更不规则了,后来的车子更加难行,就会重蹈覆辙,就算驾车人时刻念叨着"前车之鉴"也没用。为了避免这种情形,对车子进行改造,改辕易辙,就很有必要了。秦始皇统一中国后推行"车同轨",是因为有强制性的底层物理逻辑——因为路面太软。如今的路面很坚实,车子在路面上不会留下车辙,就不会影响后继的行车,车是否同轨就不是那么要紧了。实际上现在的路面规定的只是车宽,车轱辘的间距以及车轱辘自身

车辙

的宽度有很大的自由选择的范围。

今天,"车同轨"的意义依然存在,不过这车是火车,存在不同轨距的火车有历史的原因,各国坚持使用不同的轨距有经济和战略上的考量。统一火车轨距是个世界层面上的事情,不知道今天的中国人能否再次创造秦始皇"车同轨"那样的辉煌成就。我们期待着。

之二十二 张仲素《太平乐》

原 文

圣德超千古,皇威静四方。
苍生今息战,无事觉时长。

关键词:事,时

原文大意

当今之圣德超过千古以来的君主,皇威赫赫让四方安宁了下来。当此时也,天下苍生停止了征战,没有大事儿发生,觉得时间过得很慢。

物理解释

张仲素(约769—819)的这首《太平乐》引起我注意的是最后这半句"无事觉时长",它点出了一个几乎人人都感受过的现象:"忙碌的时候觉得光阴似箭,闲着无事就觉得时间慢得难受"。从乡村走出到一线城市过上了卷生活的人若是某天回到村里,他会觉得时间变得格外地慢,说是煎熬都不过分。

这个看似人人熟悉的现象,其实很不好理解,它牵扯到我们对时空本质的理解。理解时空的本质,理解时空如何作为存在的舞台,以及测量时空,这些都是物理学一直在忙乎的事儿。广义相对论说引力是时空的弯曲,各位诗词爱好者可以体会一下。

平时说到时间、空间,这里的间似乎都是读jiān。不过,如果读成时间(jiàn)、空间(jiàn),其和间(jiàn)隔之间的亲戚关系立马就暴露了。我们也立刻就能明白有实在的物理间隔,才体会到时间(jiàn)与空间(jiàn)。这种贴近物理现实的概念是超越语言的。英语的time,其和dimension(维度)的词头dim-,是同源的,都是"divide"的意义,就是间(jiàn)。间(jiàn)可是动词,一条长长的、空空的地垄没有空间的感觉,你给种上(周期性的)玉米苗或者别的什么苗它就有空间感了。如果你觉得这空间有些压抑(这是由相邻的玉米苗叶子触碰这个物理事件造成的感觉),你可以把一些玉米苗拔掉,这就叫间(jiàn)苗。

你沿着一条地垄种玉米,假设每埯子里都是仅长出一棵玉米,这一行玉米就形成了一个周期性的排列。有人会抬杠,说我看那玉米棵两两之间的距离是不一样的,怎么能说是周期性的呢?对于持这种论调的朋友,我没法判断你是物理学得太多了还是学得太少了。当你说玉米棵两两之间的距离不一样时,你是已经拥有了其他的为距离定标的东西,比如有个最小刻度为毫米的米尺。但是,我这里只有一行玉米,这里任意的相邻两棵玉米的间隔就是一个距离单元,是全同的,是一个距离单位(你可以说那是一个距离量子)。想象从前没有导航的时代一个人开着没有里程表的车,他计数路程只能靠公路上的里程碑,任意相邻的两个里程碑之间的距离都是单位距离。至于后来你拿着米尺测量那里程碑的间距,发现那间距用你的米来表示相差可不小,那只对你有物理意义,对从前的那个驾车者没有任何物理意义。记住这一点对于理解什么是时间、什么是空间以及它们的度量问题非常重要。

间隔的存在才让空间有了意义或感觉,在实际生活中是有应用的。高速路上的车速快,因此高速路的白色标线是非常必要的。如果没有这些白色的实线或虚线,驾车者可能对横向(与行驶方向垂直)的空间没有感觉,就会容易造成同向行驶车辆的碰撞。在海上没有标志物来赋予空间(距离)的感觉,因此虽然船速比车速慢,但是船舰之间规定的安全距离要大得多,足足是2海里。当然,船太大也是一个原因。

时间的概念比空间的概念来得更抽象,也更不好理解。在狭义相对论中,时空的坐标被表示为$(ict;x,y,z)$,因为这个"i",它告诉我们时间t与空间(x,y,z)确

相邻两棵玉米的间隔就是一个距离单元,严格等价

实存在不一样的地方;又因为这个光速"c",它告诉我们时间和空间是通过光相联系的。或者说,光是时空的联络。这几句肯定激起了你要为自己的诗人情怀增添大量物理知识的冲动。时间更多地是感觉的东西,所以诗人和我们大家一样都认识到了"无事觉时长"。在卷得喘不过来气的生活中,一件事接着一件事,这件事交叠着那件事,你忙得四脚朝天,忽然停下来关注了一下用冷冰冰的电子设备以其特征物理事件(比如对某种原子的发光所对应的振荡的计数)所标记的时间对对账,你不由得就会感慨这日子过得也太快了。你要是再和在老家村里游手好闲的那两天作比较,这感觉就更强烈了。忙碌的日子,你用干成了的事情计数来算时间,事不过三,于是你觉得时间过得真快;在老家村里你闲得能感觉到自己的心跳与呼吸,你用心跳或呼吸计数时间,你都数到自己会的数儿不够用了,那天上的太阳可能都没挪窝。

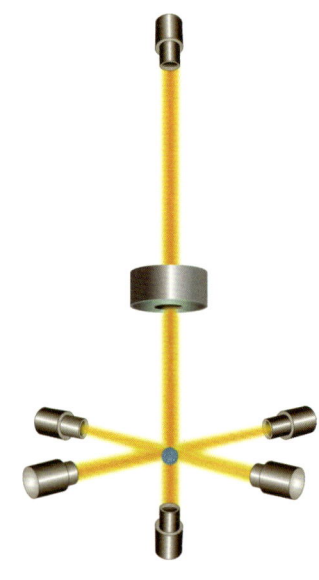

原子喷泉钟示意图

时间是用物理事件来标识的。寒来暑往、月缺月圆、日升日落，都被我们拿来标记时间，那就分别是我们挂在嘴边的年、月、日。一个单调的环境里，如果有重复出现的物理事件，那事件就可以拿来计时。秦系《山中奉寄钱起员外兼简苗发员外》诗中有"空山岁计是胡麻"句，一茬胡麻的种与收就是一岁，很科学。从前的农业社会，我们就是靠观察太阳、地球、月亮这个运动体系的各种周期运动建立起一套复杂的纪年系统，指导人类的生产与生活的。有了历书指导的生活是可预期的，时间久了很多人就忘了历法的由来，一旦手边没了历书，日子可能就变得含糊了。太上隐者的《答人》诗"偶来松树下，高枕石头眠。山中无历日，寒尽不知年"历来为人们所传诵，可能是因为它贴近生活，人们阅读时太有感觉了。

今天，经过400余年的努力，近代物理学得到了长足的发展，计时原理与计时设备的进展是物理学进展在基础层面上的反映。除了各种机械钟表，人类还发明了石英钟、原子钟与原子喷泉钟，计时精度甚至达到了惊人的10^{-16}。所谓的导航系统，核心是高精度的钟表。雷达也是。

时间是用物理事件标记的，标记时间可以选用不同的物理事件。有哲人言，人生不是用你有过多少次的呼吸标记的，而是用让你感到喘不过气儿来的时刻标记的。如果此生你没遇到过一个让你感到喘不过气儿的人，那你的人生是漫长的。张仲素说啦，无事觉时长。

92

之二十三 刘长卿《齐一和尚影堂》

> **原 文**
>
> 一公住世忘世纷,暂来复去谁能分。
> 身寄虚空如过客,心将生灭是浮云。
> 萧散浮云往不还,凄凉遗教殁仍传。
> 旧地愁看双树在,空堂只是一灯悬。
> 一灯长照恒河沙,双树犹落诸天花。
> 天花寂寂香深殿,苔藓苍苍闭虚院。
> 昔余精念访禅扉,常接微言清道机。
> 今来寂寞无所得,唯共门人泪满衣。

关键词:虚空,生灭

物理解释

刘长卿的《齐一和尚影堂》这首诗谈论的是佛教人物和佛教场所,涉及虚空、生灭这种话题是意料之中的。在佛教教义中,一切现象都被认为是无常、无我和空性的。虚空强调一切现象都是瞬息万变的,没有永恒的存在,而且没有固定的实体和个体。认知虚空的真实意念可以达到解脱和觉醒。宇宙中没有恒常,因缘而起,刹那生灭。一切万法皆处于生灭中。笔者不通梵语,也不通佛法,对以上这些论述正确与否缺乏判断。

佛法是关于宇宙万物的大智慧,物理学也是关于自然的大智慧,其用语上有不少共通之处。虚空、生灭都是物理学的重要概念，其中虚空的概念自古就有且其意义一直在演化中，生灭的概念则在近代物理中才获得具体的内容。

在物理中，虚空的一个意义是英文的void，可粗略理解为"空白、空隙"。原初的宇宙概念中，宇宙由不可分的原子（atom）组成。原子是实实在在占地方的存在，原子之间有空隙（void），因此这宇宙的模型就是"atom+void"。那个原子之上的让原子寄身于其间的虚空，就是空间（space）。诗中说"身寄虚空"，这个"虚空"就接近这个空间概念。物理学的第零定律就是"空间是三维的"。Space，汉译空间，但它不是空的，而是说它是一个容纳存在的那么一种存在。比如一座房子，我们说它空间很大（spatial），但这与房子里是否存放东西没有关系。没存放物体的那部分space是empty space（空洞的空间）。如果一块空间（space）里根本没有物质，那它是真空（vacuum）。汉语"一把火烧得精光""穷光蛋"等表述里的"光"，就是真空的形象。如果一块地方出现了真空，宇宙会自动极力去填充这块地方，这就是亚里士多德（Ἀριστοτέλης，前

闪电生灭

384—前322)的horror vacui(大自然厌恶真空)哲学。用这个哲学可以理解唧筒(压井)为什么能抽水。后来,人们发明了气筒(气泵),能够把封闭起来的一块空间里的气抽出来,这种气压或者气体分子密度比外面大气小很多的地方也被称为真空,这样的真空里残余气压还是有的,故有真空度的说法。在这样的真空里发生的故事,让人们发现了阴极射线(电子)、X射线,发展了光谱学进而走向量子力学,还发展了真空科学以及与之相关的高技术产业,比如半导体工业。理论物理的真空可以理解为针对特定物理量(算符)本征值为0的状态,可以记为$|0\rangle$。打个比方,我的口袋是钱的真空,里面从来就没存在过钱;但是,那里面可能有一张餐巾纸,它不是找餐巾纸这个操作的真空。虚空的物理内涵太多,不是很好理解,戎昱(?—约799)《送僧法和》云"欲契真空义,先开智慧芽",诚哉斯言。感兴趣的读者可参阅笔者所著《物理学咬文嚼字》之065篇"空空,如也"。

如果人们关注自然现象,很容易产生生灭的概念。闪电就给人以"生灭"的启发。在物质变化上,比如化学反应,物质在水中的溶解与析出,也给人以"生灭"的印象。随着物理学研究的深入,对生灭过程也有了更加深入的认识。比如,阴极射线是电子,它从固体中来;气体放电中有电子,它从原子中来,我们认识到原子里本来就有电子,在这些过程中电子只是被释放出来。但是,原子核里跑出来的β射线,也是电子,但它是现生成的,中子n衰变成质子p^+的过程同时还产生一个电子e^-和一个反电子中微子$\bar{\nu}_e$,$n\to p^++e^-+\bar{\nu}_e$。不光是光被吸收时会湮灭,电子e^-遇到正电子e^+时也会湮灭,同时

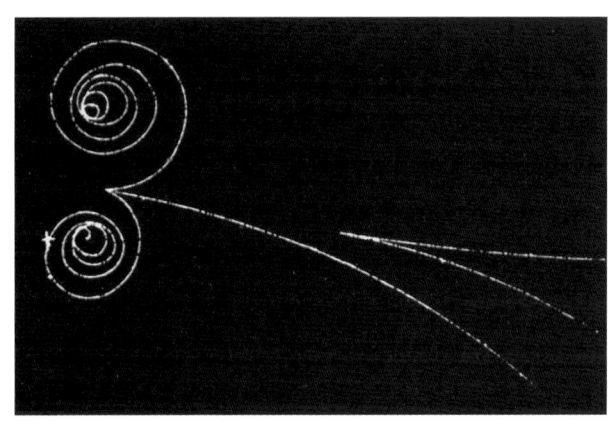

正负电子对的产生与湮灭

伴随光子γ的产生，$e^- + e^+ \rightarrow 2\gamma$。为了描述光的生灭过程，1927年狄拉克引入产生算符a^+和湮灭算符a，满足代数关系$aa^+ - a^+a = 1$。这样，对于一个能量为E_n的状态ψ_n，$a\psi_n$就是对应$E_n - h\nu$，即能量少了一份的状态，而$a^+\psi_n$就是对应$E_n + h\nu$，即能量多了一份的状态。物理学家后来引入了描述费米子（电子是一种费米子）的产生算符与湮灭算符，即满足关系$aa^+ + a^+a = 1$的产生算符与湮灭算符，还发展了量子场论。凭借着这些理论以及粒子物理实验，人们发现了不少更复杂的生灭现象。

之二十四 李益《宫怨》

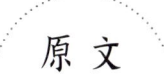

露湿晴花春殿香,月明歌吹在昭阳。
似将海水添宫漏,共滴长门一夜长。

关键词:水,漏,滴

原文大意

露水打湿了花,暗香飘满殿堂;明月高照,昭阳殿那边吹拉弹唱、热闹非凡。漏壶里仿佛是加了大海的水,滴也滴不尽,让这长门宫的夜啊咋显得那么长。

韦庄

《浣溪沙》

夜夜相思更漏残,伤心明月凭阑干,想君思我锦衾寒。
咫尺画堂深似海,忆来惟把旧书看,几时携手入长安?

关键词:更,漏

外五首之二

阎朝隐

《夜宴安乐公主新宅》

凤凰鸣舞乐昌年,蜡炬开花夜管弦。
半醉徐击珊瑚树,已闻钟漏晓声传。

关键词:钟(声),漏

外五首之三

王岳灵

《闻漏》

建礼含香处,重城待漏臣。
徐闻传凤诏,晓唱辨鸡人。
银箭残将尽,铜壶漏更新。
催筹当午夜,移刻及三辰。
杳杳从天远,泠泠出禁频。
直疑残漏曙,肃肃对钩陈。

关键词:漏,箭,壶,刻

外五首之四

杜甫

《院中晚晴怀西郭茅舍》

幕府秋风日夜清,澹云疏雨过高城。
叶心朱实看时落,阶面青苔先自生。
复有楼台衔暮景,不劳钟鼓报新晴。
浣花溪里花饶笑,肯信吾兼吏隐名。

关键词:钟,鼓

外五首之五

王建

《鸡鸣曲》

鸡初鸣,明星照东屋。
鸡再鸣,红霞生海腹。
百官待漏双阙前,圣人亦挂山龙服。
宝钗命妇灯下起,环佩玲珑晓光里。
直内初烧玉案香,司更尚滴铜壶水。
金吾卫里直郎妻,到明不睡听晨鸡。
天头日月相送迎,夜栖旦鸣人不迷。

关键词:鸡鸣,司更,滴,漏,铜壶

物理解释

计时是人类生活最迫切的需求,为了满足这个需求的努力成就了物理学的一个重要基础部分。人们日常生活中牵扯到的时间尺度在一天到一秒这个区间,这个区间里的计时既然是人类活动的特征时间,它成为人类计时最初努力的内容并进入古诗词这类文献中就容易理解了。此处选择李益(746—829)、韦庄(约836—910)、阎朝隐(?—712)、王岳灵(唐玄宗开元进士,生卒年不详)、杜甫、王建(约767—约830)等人的几首诗,纯属信手拈来,没有什么特别的理由。这类诗歌在《全唐诗》以及后世的诗词中俯拾皆是,直到近代计时技术得到充分发展、钟表进入寻常百姓家以后,"更""漏"这类概念才从生活中逐渐淡出。

一天是人类活动的典型时间长度,由地球自转一圈所定义,其特征事件是从东方升起一轮红日。一天对于人类活动来说相当长,有细分的必要。一天里黑白分明,一次日升日落定义了一个白天,从日落到下一次日出定义了一夜。从这个意义上说,一天自然分成了黑白各半天。这样的细分太粗糙。白天有太阳,可以依据太阳的投影来标记时间,进行大致的划分,日晷就是基于阳光下的投影发明的。指针的投影总有最短处,此处可定义为正午,为参照点。将日晷的圆盘面分成12个等分,这就是12时辰,据说我国西周时就有十二时辰的划分。西方是把一天分为24小时(hour),hour 就是日出到日落的1/12。Hour 和 horology 是同源词,horology 就是关于时间的学问。以小时度量人类活动的特征时间还是太长,要往下细分到1/60,即 pars minuta prima,意思是第一阶小部分,简称 minute,对应汉语的分钟。西语的 minute 就是"小"的意思。一分钟还不够细,往下第二次细分到1/60,为 pars minuta secunda,意思是第二阶小部分,简称 second,对应汉语的秒。有英汉字典解释,称 second 有"第二"和"秒"两种独立的意义,那是对词源和科学概念起源的双重鄙视。分钟和分成秒,并且还要能制造出精确的计时工具,这背后的技术实现可不容易,那得用专门的著作论述[比如惠更斯(Christiaan Huygens,1629—1695)1673年出版的 *Horologium Oscillatorium*(摆钟)一书]。此处出现的12,24,60都是因为一个事实上的巧合与便利的考量。一年约为365天,一个月约为29.5天,计时需要用整个圆盘面(想想日晷的形象)来划分,于是我们约定一个

日晷

圆有360度(圆的数学度量是2π,反映的是一个几何体的度量只能来自于其自身的哲学)。60,30,24,15,12这些数字都是360的因子,方便等分,它们于是进入了计时系统,比如60年一甲子,一小时60分钟一分钟60秒,12生肖,一个月30天,24节气,一天24小时,一刻钟为15分钟,等等。设想一下这样的计时系统,一天17小时,一小时39分钟,一分钟41秒,这得多么让钟表匠抓狂。

人类不是夜行动物,但夜间依然有活动,有人要连夜赶路,或者早起赶路,军营和皇宫则要有人守卫值班,因此夜里也有精确计时的需求。白天有阳光,能靠投影给出时辰的大致分划,夜间用什么划分时间呢?这就要引入某个大概周期性的物理事件,累积大数计数,然后数学地划分。据说我国在商朝时就想到用滴水(漏)标定时刻。在铜或者青铜的壶中装上水,让水从侧面的细管嘴里以水滴状慢慢地漏下来(滴漏)。一夜滴水造成的水面高度变化如果足够大,可以用浮标将水的高度变化表现为上部开放部分中的漏箭之指示位置的变化,用尺子细分,刻上痕迹供读数。时刻、刻度的概念就是这么来的。刻度,graduate,一个学习的人graduate了,是说他脑门上有刻度啦。为了让标尺上细分的相等时刻真的对应相等的时间,这就要求滴漏尽可能地是匀速的,不依赖于壶中水的高度。此外,这里用到的一个诀窍是把柱状桶中水的体积变化转化成了水的高度变化供读取,后世的水银温度计和酒精温度计也是采用的这个策略。在西方,古希腊发明家克提西乌斯(Κτησίβιος,前285—前222)于公元前250年发明的计时用漏壶装置中竟然使用了虹吸现象来给计时归零。当承载滴水的水桶中的液面达到一定高度时会触发虹吸现象,将桶中的水全部放空,这就达到了给计时归零的效果,漏壶可以开启下一个时段的计时了。为了让滴漏速度绝对恒定,克提西乌斯设计了一个二级供水系统,提供滴漏的水桶的进水量大于滴漏造成的出水量,多余的水从上部的另一个出水口流走,这样提供滴漏的水桶中水的高度得以保持恒定,从而使得滴漏具有严格相等的时间间隔。

铜壶滴漏有盖子,我猜这样设计主要是为了减少水暴露的面积,抑制水的蒸发,从而提高计时精度。用铜壶滴漏的办法想得到分钟量级的精确计时肯定做不到,但是对应一刻钟量级的时间划分,努努力还是可以做到的。将一夜得到的滴水的高度变化划分为五等分总不算过分,这就是一夜五更的划分。到了更替的时刻,要通知附近的人,这需要用声音,比如可以借助敲鼓、敲钟或者敲梆子来报时。对应夜里的时刻,那钟声、更

铜壶滴漏

鼓声、梆子声是有讲究的。靠钟声传递报时,渐渐地人们把钟给理解成计时工具了,忘了时钟原本是钟。为了让报时的声音传得远,皇宫或大一点的城镇都有专门的钟鼓楼。"夜半钟声"因为每天都有,并不扰人清梦。过去在城上再起一座楼不容易,这楼的功能必定是多样的,不光用来安放钟鼓报时,还有居高瞭望的功能,故也称敌楼、谯楼。一句"谯楼上鼓打三更",背后其实包含着很多基础物理的内容。对于没有铜漏、钟鼓楼的乡村,好在老天赋予了一种天然的报时生物:鸡。进入凌晨时刻(约四点钟),雄鸡会开始鸣叫,且叫几声后会歇一会儿,到鸡叫第三遍的时候天光就大亮了,故而乡人有用鸡叫头遍、鸡叫二遍和鸡叫三遍表示的计时法。听鸡叫可以大致把握凌晨这段时光里的时刻,故而王建诗里有"金吾卫里直郎妻,到明不睡听晨鸡"的说法——值班警卫的媳妇心疼自己的丈夫,想让丈夫多睡一会儿又怕他起晚了耽误事,只得自己不睡等着听鸡叫以便叫醒丈夫。

西洋还有沙漏,是一种别样的计时工具。水是牛顿流体,因为表面能大的原因可以形成液滴,用来做成滴漏计时,比较靠谱。沙子的流动是颗粒流。利用沙子流动的沙漏可以对一段时间当作一个时间单位来计时。当然,如果碰巧沙子把通道堵上了,那沙漏计时的这段时刻可就是无限长的了。这里暗含的物理,你品,你细品。

之二十五　李白《月下独酌四首》之一

原　文

花间一壶酒，独酌无相亲。
举杯邀明月，对影成三人。
月既不解饮，影徒随我身。
暂伴月将影，行乐须及春。
我歌月徘徊，我舞影零乱。
醒时同交欢，醉后各分散。
永结无情游，相期邈云汉。

关键词：月，酒，影

原文大意

　　花丛中摆下一壶酒，独自酌饮。举杯邀明月共饮，月与我以及我的身影，就算是三个人吧。月亮不懂饮酒，影子也是身前身后徒然地跟着。暂且和明月以及身影相伴吧，趁此春宵及时行乐。我唱歌，月徘徊；我起舞，影凌乱。清醒时我们共欢乐，酒醉后各奔东西。就约定这样冷漠的结伴游吧，期待相遇在茫茫的云天上。

物理解释

　　李白的这首《月下独酌》最打动人的地方，是这句"举杯邀明月，对影成三人"，俏皮，但又很令人伤感。月亮，我，以及月下我的身影，勉强凑够了三个，让"独酌无相亲"越发显得悲凉。

投影，涉及三个要素：光源，物体，以及能表现出明暗衬度的（平）面，即像平面。太阳、月亮是天然的光源，大地提供了能表现出明暗衬度的（平）面，直立的人、树、塔之类的物体会在光照下留下影子。对于太阳、月亮这种又远又大的光源，我们总可以把它们提供的照明光束看成是平行的。这样，两个物体的影子长度之比就等于两个物体高度之比。通过测量物体和参照物各自的影子长度，可以由参照物的高度计算出物体的高度。

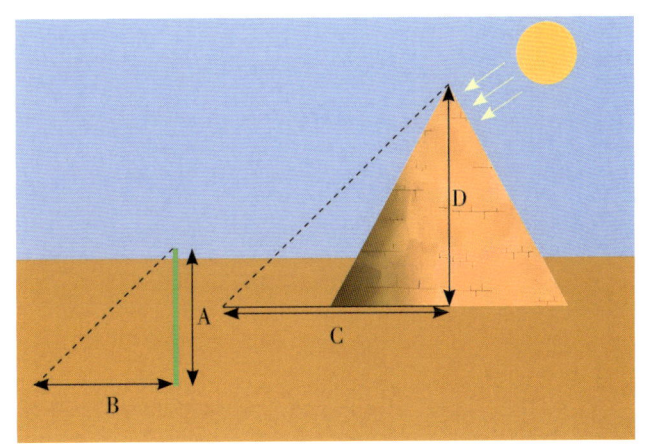

投影

有趣的是，如果像平面是反射的（reflective），比如水面，还真的就能形成"对影成三人"的景象。远方来的大范围的光束照在"我"的身上，在光源与我连线的前方留下阴影。此外，"我"身上反射的光会在水面上造成我的"反射像"，满足平面成像的规律，具体朝向取决于观察者的位置。由于水能吸收可见光的短波长部分，"反射像"是不清晰的，跟阴影也差不多，故有"倒影"的说法。因此，光照下临水的"我"会造成一个阴影和一个倒影，那可是妥妥的"对影成三人"。

对影成三鸟

105

之二十六 李白《登锦城散花楼》

原文

日照锦城头,朝光散花楼。
金窗夹绣户,珠箔悬银钩。
飞梯绿云中,极目散我忧。
暮雨向三峡,春江绕双流。
今来一登望,如上九天游。

关键词:金,银,箔,钩

物理解释

李白这首《登锦城散花楼》引起笔者注意的是这句"金窗夹绣户,珠箔悬银钩",提到了金和银。银钩是用银打制的挂窗帘或者床帐的钩子,珠箔指珠子串成的门帘、窗帘。箔,片状,"箔"字也容易让人联想到金箔。金很柔软,就是俗话说的延展性好,可以被捶打成薄薄的金箔,作装饰用。通过捶打,金箔厚度可做到小于 50 nm,其性质已经随结构发生了变化,比如其颜色就从金黄色变成了红黄色。金箔还对可见光的长波长部分有较强的反射能力,用来装饰建筑能达成金碧辉煌的效果。

金、银,还有铜,是古诗词中常见到的金属。之所以在唐诗这样的古代文献中常见到金、银、铜,那是因为它们天然地就存在于地表,甚至还富集成矿。铜矿比较常见,发现铜的地方也会指铜为名,比如我国就有铜陵、铜山等地名。银子主要是伴生矿,颗粒小;金的存在状态比较而言要单纯一些,块儿也可以大一些,沙里甚至能发现狗头金。在古代,金、银、铜因为容易获得又不是那么容易获得,容易加工且不会变质,因此都曾被作为财富的一般等价物,即钱,故有金钱、银钱、铜钱的说法。金、银、铜在自然界中存在这一点太重要了。如果不是有现成的金、银、铜,就不会有电学与后期的电磁学,就不会有以电为动力、以电路为支撑的现代化社会。在最精密的集成电路中,重要的材料依然是金。

金、银、铜的很多性质都相似,包括化学性质稳定、熔点低、可延展、导电导热性能好,等等。以前,人们只是觉得它们是一家,但说不清楚为什么。今天,如果我们看看元素周期表,就能找到一些线索。铜、银、金都是IB元素,从上往下依次排列。注意看它们的原子最外层电子的状态, 29 号元素铜($Cu, 3d^{10}4s^1$), 47 号元素银($Ag, 4d^{10}5s^1$), 79 号元素金($Au, 5d^{10}6s^1$),可以看到都是满d壳层(10 个电子)外加下一个主量子数对应的 s 壳层中只有 1 个电子,这是典型的金属元素。碱金属(锂、钠、钾、铷、铯)原子也都是最外层只有 1 个 s 壳层的电子。金、银、铜,还有银的邻居 46 号元素钯($Pd, 4d^{10}5s^0$),金的邻居 77 号元素铱($Ir, 5d^76s^2$)与 78 号元素铂($Pt, 5d^96s^1$),因为不易形成化合物而被称为贵金属(noble metals)。当然,银也会被氧化变得发黑,而铜暴露在空气中会形成铜绿$[Cu_2(OH)_2CO]$。金子几乎是油盐不进,它之所以这么 noble(高贵、不易变)的原因在上世纪末才从科学上给出了定量的解释。熟悉量子力学的诗人

金块

金碧辉煌

可以参考 why gold is the noblest of all the metals（为什么金是金属中最高贵的?）之类的研究论文。

金子太珍贵了，于是有人幻想着要把其他的量大价低的金属比如铜、锡给变成金子。由此努力发展而来的学问即是炼金术（alchemy），最后演化成了近代的化学（Chemie，chemistry）。化学给人类带来的有用物质远超当初炼金术士的想象。可见，梦想还是要有的，即便那梦想后来被证明是荒唐的，但荒唐努力的后果也许是意想不到的成就。

之二十七 李白《题东谿公幽居》

原文

杜陵贤人清且廉,东谿卜筑岁将淹。
宅近青山同谢朓,门垂碧柳似陶潜。
好鸟迎春歌后院,飞花送酒舞前檐。
客到但知留一醉,盘中只有水晶盐。

关键词:水,晶,水晶,盐

原文大意

杜陵有清廉之士,在东谿筑屋居住多年。宅近青山,如当年之谢朓;门垂碧柳,如当年之陶潜。好看的鸟儿在后院唱着迎春的欢歌,落花仿佛是送酒来的,在前庭飞舞。有客来,就招待他开怀一醉,盘中只有(重又)结晶的盐粒儿当菜。

物理解释

李白的这首《题东谿公幽居》描述名人雅士的穷困,角度独特,读来令人忍俊不禁。贫穷,几乎是我们普通人的宿命,这也是热力学在生命过程中所表现出的必然——生命的过程就是一个不停地消耗食物的过程,而食物总是不够。李白这种"天子呼来不上船"的文人名士所描写的贫穷,其实不是我们普通人感受的那种贫穷。笔者小时候就认为"家徒四壁"是个非常凡尔赛的成语。李白笔下的这位杜陵贤士,居处有

"后院、前檐",所谓卜筑,那说明这居处的选址是大有讲究的。客人来了,有酒招待,"盘中只有水晶盐"极言下酒菜少,应该是客套话。今天因为交通便利,生活中从不缺盐,很多人可能不知道盐是一种能改变社会进程的稀缺物资(试读汉朝桓宽的《盐铁论》)。仅仅在几十年前,在我们的革命队伍急缺的物资清单上,盐甚至都可能排在弹药之前(建议观看电影《闪闪的红星》)。在唐朝,一个隐居之人还"盘中有盐",那是怎样的富足生活。

笔者读到这句"盘中只有水晶盐",觉得画面感十足。盐(NaCl),食盐,溶于水,海水中有大量的盐。生命在海水中发生,后来有水中动物上岸求生存、演化,虽然后来习惯了喝淡水,但对盐的补充仍有需求,毕竟生理过程要依靠钠离子进行——0.9%的盐水(1克盐溶于100毫升的水)被称为生理盐水。在20℃下,100毫升的水最多可溶解36克的盐。如果在热水中溶解更多的盐待水冷却,或者就让水静静地蒸发,则当盐的浓度超过饱和浓度时就会发生结晶。其实,具体的结晶过程可复杂了。盐的结晶体是透明的,于是就将它比作水晶。西语的晶体(crystal, κρύσταλλος),来自冰、霜。冰、霜,都是水的晶体形态,是"水-晶"。

水晶(石英晶体)

然而,如果我们稍微注意点的话,会发现盐的晶粒和水晶的形状是很不一样的,就是外观上相邻晶面的夹角不一样。水晶是石英晶体(SiO_2),属于三角晶系,相邻晶面是倾斜的。盐属于立方晶系,其中的Na离子和Cl离子是交替着排成方格的。故而,一般情形下结晶的盐粒,你都能看到立方体来。就算不是规则的立方体，你也能看到垂直的相邻晶面。当然，如果结晶条件不同，也会得到正四面体、正八面体的盐颗粒，这些外形都是盐的微观对称性所允许的外形。

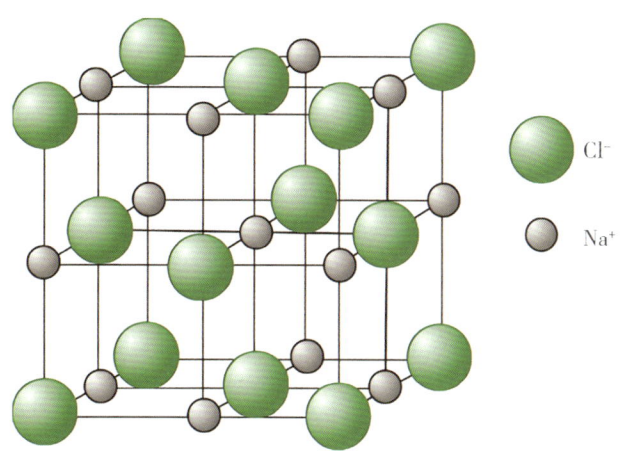

食盐（NaCl）的晶格

盐自盐水中的结晶是在大自然中随处能观察到的现象，这启发我们可以自水溶液中长出一些物质的晶体来。著名的磷酸二氢钾（KDP）晶体就是用溶液法生长出来的人工晶体。结晶学是一门大学问。晶体生长是极度依赖于基础学问且具有重要应用价值的一门技术，所谓的信息社会，其底层支撑就是硅晶体的生长。可以说，每一种晶体的生长都是一项专门的技术。

盐的晶体

之二十八 李白《答裴侍御先行至石头驿以书见招，期月满泛洞庭》

> **原文**
>
> 君至石头驿，寄书黄鹤楼。
> 开缄识远意，速此南行舟。
> 风水无定准，湍波或滞留。
> 忆昨新月生，西檐若琼钩。
> 今来何所似，破镜悬清秋。
> 恨不三五明，平湖泛澄流。
> 此欢竟莫遂，狂杀王子猷。
> 巴陵定遥远，持赠解人忧。

关键词：风，水，无定准，湍波，澄流

物理解释

李白的这首《答裴侍御先行至石头驿以书见招，期月满泛洞庭》在他的众多作品里属平淡之作，就其作为一首诗而言没有什么值得称赞处。然而，"风水无定准，湍波或滞留"一句从物理的视角来看，却是非常有意思的，它一句话道出了两个值得关注的流体现象。

关于风和水，容易注意到它们是"无定准"的，其行为非常难以把握。至于到底怎么个难以把握法，就不好说了。我们甚至缺乏描述它的恰当语言。1963年，气象学家洛伦兹（Edward Lorenz, 1917—2008）在研究大气对流问题时，得到了称为洛伦兹方程组的三个一阶微分方程。

按说，能写成微分方程，这样的系统的行为应该是决定性的。然而，研究发现，尽管方程描述的行为是决定性的，但它也是足够混乱的——初始条件的微小差别都会导致后续演化结果的完全不同。对这样的体系，看似我们掌握了规律（方程都写出来了），且它确实是确定性的（给定初始条件，其结果就是确定的），但它是不可预测的，因为我们实际能给出的初始条件肯定是有误差的，而初始条件的差别哪怕再小，其后期演化的行为也是有天壤之别的，即表现出混沌行为。也就是说，预测是完全不靠谱的。这样，关于风的不定准我们就有了一套描述的话术：决定性混沌（deterministic chaos）。这套话术中为人们所熟知的一句话，即 one flap of a sea gull's wings would be enough to alter the course of the weather forever（海鸥的一次翅膀扇动足以永久性地改变天气的进程），后来被改造成了比较诗意的"蝴蝶翅膀的一次扇动会在远方引起一场风暴"，简称蝴蝶效应。这项研究工作为地球大气的不稳定性问题研究提供了一个定量的基础，也迅速蔓延到了许多其他领域。

与风的不稳定性类似，水流也会表现出极端的"无定准"。当流速超过某个临界值时，流体的动能足以克服流体黏性所造成的阻尼，就会变得混乱起来，形成所谓的湍流（turbulence）。湍流就是一种混沌行

蝴蝶效应

为。当流体进入湍流时还会形成漩涡。有趣的是,水流的速度可能很快,但漩涡会在一个地方盘桓,其平移的速度低于水流速度。诗人说"湍波或滞留",就是这个意思。与湍流相对,平缓的水流是层流(laminar flow),此时贴着河岸的水流速度为零,河流中间的流速最大,整体上河水很安静。"平湖泛澄流"中的澄流也许是想说流速很小的层流。平静的流体能够保持其中透过光束的近邻关系,故而看起来是澄澈的。

漩涡

之二十九 李白《观鱼潭》

原文

观鱼碧潭上,木落潭水清。
日暮紫鳞跃,圆波处处生。
凉烟浮竹尽,秋月照沙明。
何必沧浪去,兹焉可濯缨。

关键词:圆波

原文大意

在碧潭上观鱼,树叶落下,潭水清澈。傍晚的时候,见鲤鱼跃出水面又落入水中,在各处激起同心圆形式的波。冷冷的烟雾浮在竹林之上慢慢散去,秋月照亮了潭边的沙滩。何必非要去到沧浪之水呢,这里(的水清)就可以洗濯冠缨。

物理解释

李白的这首《观鱼潭》是标准的借景言志的作品。诗人看到了清澈的潭水,觉得它就是清澈之时的沧浪水,是可以用来洗濯冠缨的。该诗的最后一句,应该是化用《孟子·离娄》中的"沧浪之水清兮,可以濯我缨;沧浪之水浊兮,可以濯我足"。

这首诗里让笔者联想到物理的,是"日暮紫鳞跃,圆波处处生"这句。《全唐诗》八五一卷收有一句"鸟归花影动,鱼没浪痕圆",有记载为

圆波

悟清(唐朝僧人)所写。宋朝词人张炎在《南浦·春水》中引用了这句。"鱼没浪痕圆",鱼从水中跃起、落下,鱼没入水中不见了,但是漾起了同心圆构成的水波。

　　水有皮,能够形成波。水黾这样的生活在水面的小昆虫都能激发起水波,鱼,假设是淡水河里常见的一斤重左右的鲤鱼,其跃起落下更能激发起较大动静的水波。鱼激发起的水波,振荡局限于水表面的浅层,属于表面波(surface wave)。水波被激发后,以约 2.0 m/s 的速度向外传播,几秒后水面恢复平静。水面被扰动后能自动恢复平整,其实是重力把它抚平的,具有这种性质的液体被称为牛顿流体。由于水是各向同性的介质,因此表面水波的样子是一圈圈的同心圆。诗人们抓住了表面水波的这个特征,故都会用"圆波"一词。

　　然而,如果大家仔细观察自某处为中心向外传播的圆波,会发现同心圆波(以波峰为准)不是等间距的,整体上波是渐弱且间距渐小的。

这样的波动,是近似地用圆对称的第一类贝塞尔函数(Bessel function),$J_n(r)$,描述的。喜欢物理实验的诗人可以自己准备实验、亲自近距离观察:"在自家的水龙头下放一个尽可能大的圆口的水盆,盛水至差不多满的程度,水龙头最好高一米五以上,调节水龙头让水龙头以慢于10秒一滴的节奏往下滴水。水滴落到水面上,就会造成同心圆式的波。注意观察同心圆高度的变化。"外出旅游时如果遇到稀泥地,发现底下往上冒气泡,稀泥在周围的堆积也能让你看到贝塞尔函数的样子。当然,如果我们从高空俯瞰某个冷静下来的火山口,你会看到中心是个大凹坑(火山湖),四面被高高矗立的悬崖围着,悬崖外面会是一圈深谷,深谷外面又是一圈悬崖,当然这一圈的悬崖没有前面的那么高。此外,还由于火山爆发的物质不够多,这外一圈的悬崖豁口也比较多。此处,也许能令你想起0阶第一类贝塞尔函数$J_0(r)$。

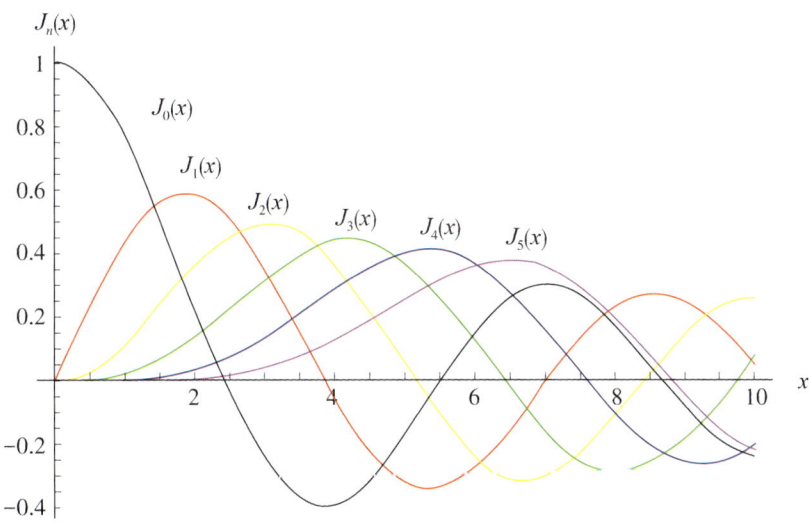

第一类贝塞尔函数

之三十 常非月《咏谈容娘》

原文

举手整花钿,翻身舞锦筵。
马围行处匝,人压看场圆。
歌要齐声和,情教细语传。
不知心大小,容得许多怜。

关键词：压，圆

原文大意

女主角举手整理自己的首饰，在为演出搭起的陈设前舞蹈。来看的人够多，场子外拴着一圈马，而人们围着圆圆的场子往里挤。主角唱完一段，后台齐声帮腔赞和(说不定观众也随声附和)，煞是热烈，但在表演细腻情感的地方女主角还是轻声细语的。不知她的心大小，是否容得下(来自观众的)这许多爱怜。

知识补充

《踏摇娘》是起源于南北朝时代的一种歌舞性戏剧表演，盛行于唐代，俗又称"谈容娘"。《踏摇娘》表演中有两个角色，主角是能歌善舞但遇人不淑的女性，演对手戏的是她那一无是处的丈夫。故事内容可概括为"鲜花插在了牛粪上"，故深受大众喜爱。

物理解释

常非月(生卒年不详)的这首《咏谈容娘》中的"人压看场圆",其中的"压、圆"两个字其实隐含着很多科学内容。从前的演出,打把势的、卖艺的、说书的,没有固定的场所,都是在集市上扎场子演出,引来众人围观。由于空间的各向同性,故所围起的场子以及围观众人的分布大体上都是圆形的,所谓的"看场圆"。以说书的而论,因为说书人几乎不动地方,声音传播也是各向同性的,所以说书的场子一般是听书的人紧挨着说书人围成一个圆盘形。但是,玩杂耍的、卖大力丸的,他需要一定的空间施展功夫,因此他首先得占住一片空地方,而这地方一般是圆形的。为什么呢? 一方面,外面的观众自发地往里挤,这是个各向同性的,没有哪个方向上的观众不懂事儿往前挤得特别突出,另一方面,类似翻筋斗、跑马、骑车这种表演也要求一个圆盘形的地圈,这种运动式的表演一般沿着场地的圆形边缘进行。圆的特征是曲率不变,也就是说跑马、骑车啊只需要把头偏一个固定的角度就可以一直跑下去。设想那马戏团跑马的台子是四方的,加上本来空间就小,那马非得和人吵起来不可。我们翻译成马戏团、跑马场、竞技场的西语词儿,circus,Zirkus,其实就是圆(circle)。

人压看场圆

人们自发地围成一圈看演出,都想往前凑,想离得近点儿看个真切。故而,人们会不自觉地往前挪或者是受到后面人的推挤被动地往前挪,"人压看场圆",一个"压"字就把圆形看场形成的动力学过程给说清楚了。笔者记得小时候看人家玩杂耍,观众们不自觉一直往前挤,弄得场子越来越小,这显然会影响人家的发挥,于是玩杂耍的就把明晃晃的刀枪往观众的脸上招呼,吓得众人又往后退,场子又得以扩大。最后,观众和玩杂耍的之间的竞争将场子的大小固定在一个合理的值上。场子自发地取圆形,还被压到了一个合理的最小半径上,这是这种表演的数理实质。这样的过程是个优化的过程。

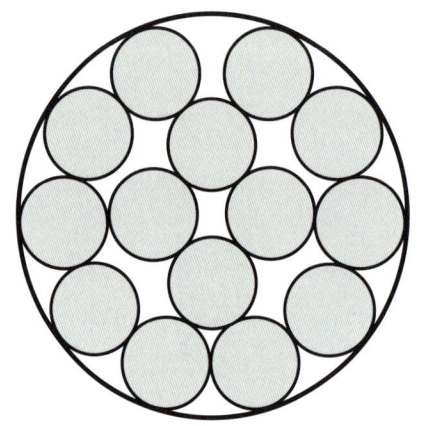 

大圆套14个小圆与13粒莲子的莲蓬

这种压-场-圆的问题,是非常普遍的数学、物理问题,非常有意思,生活中也常见。比如,数学上就有大圆套小圆的经典问题。设想有若干个等同的小圆放在平面上,用一个大圆把它们都罩住,问这个大圆的最小半径是多少? 不要小瞧这个大圆套小圆问题,它的求解可不容易。有趣的是,莲蓬里的莲子如何排列的问题就和大圆套小圆问题相近似。对于外形接近圆形的莲蓬,当莲子数目不是很大时,莲子排列方式与大圆半径最小时其中小圆的排列方式相同。这也没啥奇怪的,因为底层逻辑都是"压-场-圆"这样的优化问题。有兴趣的朋友可以参阅笔者的讲座"花叶序背后的数学与物理"。

之三十一 张谓《同诸公游云公禅寺》

原文

共许寻鸡足,谁能惜马蹄。
长空净云雨,斜日半虹霓。
檐下千峰转,窗前万木低。
看花寻径远,听鸟入林迷。
地与喧闻隔,人将物我齐。
不知樵客意,何事武陵谿。

关键词：长空,净,雨,斜日,半,虹霓

原文大意

说好了一起去鸡足山寻景,谁还会爱惜马蹄不去呢。雨后干干净净的天空,斜阳在对面映出半圆的虹与霓。禅寺的檐下千峰回转,窗前的低处有连绵的树木。看花看着看着就走远了,听鸟听着听着在林子里就迷路了。此地与外面的喧闹隔开,人也做到了物我两忘。要是不懂樵夫意,哪里会在武陵谿隐居呢。

物理解释

张谓（？—约778）的这首《同诸公游云公禅寺》的第二句"长空净云雨,斜日半虹霓"是描述彩虹此一自然现象的典范。雨后天空出彩虹是颇为常见的自然现象,古往今来的人们都看到过,自然也少不了对这种现象的描述。然而,张谓用短短的十个字,就描述了彩虹出现之情境的方方面面。首先,是"长空",彩虹是大尺度的气象学现象,得在"长空"上展现,要不怎么说"气势如虹"呢;再者,"净云雨",是说此现象发生的前提是雨后,天空得到了一定程度的净化,即空中的水蒸气尺度被规范到某个特殊的尺度与密度分布,这个前提会有微观层次上的解释。下半句中,"斜日"强调太阳作为光源,只当此光源斜照时,地上的人们才看到虹霓;"半",天上的彩虹在视觉上大体是均匀的,其两端终止的地方是我们的视线被阻断的地方,容易想到彩虹自己没有断,也许我们看到的只是彩虹的一部分;最后,是"虹霓",这天上的彩色拱桥,是有复杂结构的,对于那种大体上可看成两个彩色拱形的,较明亮的那个我们称之为虹(外红内紫),外圈那个亮度略弱的称为霓(外紫内红)。英文把这种雨后形成的气象景观称为rainbow,德语则称之为Regenbogen,字面意思都是"雨拱、雨弧"。

完整的虹

虹与霓

  我们的祖先不知道虹是什么，因为发现虹总是在雨后出现，看起来好似弓着腰的大虫子，便把它归于行雨的龙一族，命名为虹。有时候，虹有两条，外圈的那个副虹又被称为霓。霓自然应该是与虹同类的大虫子，好事的人还为它们赋予了性别，虹为雄，霓为雌。霓虹的色调很好看，人们想象天上的仙女们都穿着霓裳。唐朝宫廷有乐舞《霓裳羽衣曲》，可以想见其高雅、奢靡。

  霓虹的形成物理机制，应从两个方面考虑：1)光的折射、反射和色散等现象；2)水的光学性质。设想有一团球形的透明物质，一束光从大气中射入这种物质(第一次折射)后，在介质/大气界面上会经过反射，然后再在介质/大气界面上折射(第二次折射)返回大气。还有一种情形，就是进入球形介质内的光经两次反射后才经历第二次折射返回大气。返回的光线同初始光线会成一定的夹角，夹角大小依赖光程以及介质的折射率。现在来看水。水是透明介质，但是水对可见光有强烈的吸收,因此如果水滴稍大一点就不要指望光线有在内部反射一次再折射返回的机会。一场大雨后,大气中的绝大部分水蒸气凝结成雨落下来了,大气中遗留的悬浮水珠尺寸应该在 1 mm 左右,考虑到水的表面能很大,这个尺寸的水滴几乎是球形的。这样尺寸的水珠才允许光线的折射(进入)-反射-折射(返回),此外大尺度上有均匀的小水滴分布才会表现这个大尺度的光学现象,大雨为彩虹的出现做了必要条件的准备(科学实验的条件准备是科学教育容易忽略的内容)。水对可见光的折射率约在 1.33 附近,可以计算出在只有一次内反射时入射光线与出射光线的夹角(radius angle of rainbow)约为 42°,在有两次内反射时这个夹角约为 51°。当然,水是色散介质,其对光的折射率随频率有小的变化,因此经水滴折射-反射-折射的阳光(白光)会被展开成红橙黄绿青蓝紫的光带。对于只有一次内反射形成的虹,外圈为红色(折射率约为 1.33),内圈为紫色(折射率约为 1.34);经过雨滴内两次反射形成的雨拱,被称为霓(secondary rainbow),其内圈为红色而外圈为紫色。

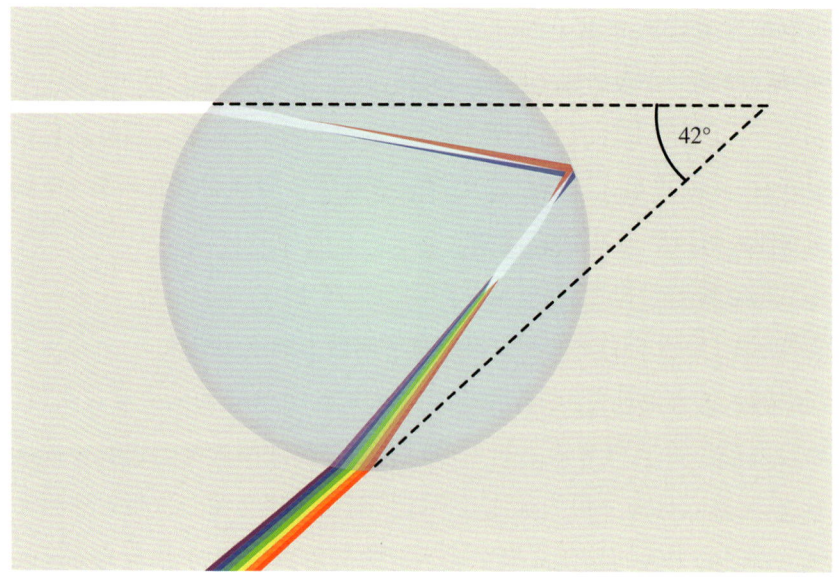

彩虹的光路

多重虹（supernumerary rainbow）

太阳离我们很远很远，太阳光是很大范围内的平行光。天空中有合适的雨滴的范围也是公里以上级的，可看作一片均匀分布着球形小水滴的区域。平行的太阳光在一片均匀分布的小水滴中经过折射-反射-折射或者折射-反射-反射-折射的过程被雨滴做了颜色展开后折返，正巧被站在某个地方的我们所看见的部分是弧形的——这个弧形是阳光被雨滴折返还得被我们看见的光学条件所选择的结果。

我们在天空看见了虹这种气象现象，会把它分为虹与霓，还称之为彩虹。这样的划分与描述稍显粗糙了些。实际上，虹可以是多重的，强度逐渐减弱。此外，虹不必然是彩虹。早晨在远处经过长途散射（比如经过了海面）自身几乎就只剩下红色的阳光，其所造成的虹，雨拱，就是个单色的弧形。你看，理解物理机制能帮助人们在写诗时选择正确的用词。

理解了霓虹形成的机制，小朋友们就知道怎么自己动手制作彩虹了。先要有一个斜射的白光光源，没有人工光源那就等阳光灿烂的日子用太阳凑合。找个干燥的环境,往空气中喷那种似乎自己就能飘起来的水雾,水珠要尽可能尺寸与空间分布皆均匀。第三步,找个合适的角度观察,就能看到彩虹了。条件合适的话,你能看到圆形的彩虹。

单色虹

之三十二 张谓《西亭子言怀》

原 文

数丛芳草在堂阴,几处闲花映竹林。
攀树玄猿呼郡吏,傍谿白鸟应家禽。
青山看景知高下,流水闻声觉浅深。
官属不令拘礼数,时时缓步一相寻。

关键词:景,高下,声,浅深

物理解释

张谓的这首《西亭子言怀》中深藏物理的,是第三句"青山看景知高下,流水闻声觉浅深"。前半句涉及几何与光学,后半句涉及水声学。远处的青山,通过比较其在景观中的视觉效果,是可以用几何学的知识判断其高下的(这个功能可能在潜意识中就完成了)。山间的水流声,通过其声音的沉闷与欢快是可以判断水的深浅的。

流水激荡起空气的振荡,空

小溪流水

气的振荡再传到我们的耳朵里,就是我们听到的水声。在文学作品中,溅溅、潺潺、淙淙、哗哗、哗啦、哗啦啦等描述水声的词语所传达的信息是很模糊的。人们读到这种词句时往往是自以为理解了,很少去关切这样的水流声到底联系着什么样的水流。实际上,对于水声这样的流体力学现象,即便物理专业人士也鲜有了解的,遑论精通。笔者对这门学问可以说是一窍不通。不过,有一点是清楚的。对于能够激励起空气振动让我们听到的水波,属于浅水波(shallow wave)的范畴。浅水波的物理特征,比如波速、频谱,就和水深有关系。当人们向空中抛一石子,石子落入水中会溅起水花,我们也会听到"砰"的一声。"砰"字当然无法表达此一过程所发声音的全部特征,但凭经验我们可根据这具体的"砰"的一声的音色来判断水深。所谓凭经验,就是我们过去曾向不同水深(当然是通过其他方式知道的)的水中用类似的手法抛过石子,记住了不同水声的特征,并且(我们以为)建立起了水深同水声特征之间的关系。今天听到了这样的水声特征,我们就能估算出一个还算靠谱的水深来。至于山间水流的声音,那还和水流的速度以及水流遇到的阻碍等因素有关。听声音或许能对水体深浅有个粗略的定性的把握,要说是能做到比较靠谱的定量的估计,那有点儿悬!知道大国为什么一直在测量大洋里的水声特征了吧。

投石测水深

在过去的农业社会里,船与桥梁都是稀罕物,涉水是常有的事儿。《诗经》中提及涉水的作品俯拾皆是,比如有《邶风·匏有苦叶》:"匏有苦叶,济有深涉。深则厉,浅则揭"。遇到不明水体,预判一下水深是非常有必要的。在老电影《奇袭》中,一队志愿军侦察兵奉命潜入敌后,要炸掉康平桥切断敌人退路。为此,一位志愿军战士化装成李伪军来到桥下,趁敌人哨兵不注意往桥墩处扔了一个石子,这就是为了估计水深。小时候咱不懂这个道理,以为人家跟我们似的,往水里扔石子就是玩呢。

之三十三 张若虚《春江花月夜》

原 文

春江潮水连海平,海上明月共潮生。
滟滟随波千万里,何处春江无月明!
江流宛转绕芳甸,月照花林皆似霰。
空里流霜不觉飞,汀上白沙看不见。
江天一色无纤尘,皎皎空中孤月轮。
江畔何人初见月?江月何年初照人?
人生代代无穷已,江月年年只相似。
不知江月待何人,但见长江送流水。
白云一片去悠悠,青枫浦上不胜愁。
谁家今夜扁舟子?何处相思明月楼?
可怜楼上月裴回,应照离人妆镜台。
玉户帘中卷不去,捣衣砧上拂还来。
此时相望不相闻,愿逐月华流照君。
鸿雁长飞光不度,鱼龙潜跃水成文。
昨夜闲潭梦落花,可怜春半不还家。
江水流春去欲尽,江潭落月复西斜。
斜月沉沉藏海雾,碣石潇湘无限路。
不知乘月几人归,落月摇情满江树。

关键词:水-平,月,波,霰,霜,雾,捣衣砧,水成文

外一首

皇甫冉*

《同李三月夜作》

霜风惊度雁,月露皓疏林。
处处砧声发,星河秋夜深。

物理解释

张若虚(约660—约720)的这首长诗《春江花月夜》是唐诗中的名篇,享有"孤篇横绝"的美誉。一千多年来,《春江花月夜》为世代文人所传颂,自然也有详尽的解读。笔者读《春江花月夜》,自然也是首先为其字句之优美所折服。然而,虽然对文人雅士们来说这有点儿煞风景我也还是要说,这首《春江花月夜》还是物理知识丰盈的佳作。能做到对这首长诗的科学性视而不见也不是那么容易。

海上明月

---

* 皇甫冉是天宝十五年(756)进士。此诗可见多处《春江花月夜》的痕迹。

起手一句"春江潮水连海平,海上明月共潮生",交代了此首诗描述的场景是江之入海处,即江水、海水连上的那地方。张若虚是扬州人,对这样的景观比较熟悉在情理之中。前半句的关键词就是"平",这是小范围内重力场下水这种牛顿流体的自然表现(见韦庄《暴雨》一节)。水/空气界面对可见光有可观的反射能力,海上生(升)明月,海面可以见到明月的成像,虽然因为月光被水蒸气散射,水面也因风而皱,但还是能看看模模糊糊的水中月的。水面也因风而皱反射着月光,故而这月(光)会"滟滟随波千万里"。在这早春时节,空气凛冽,其中充满着似固似液的毫米大小的水滴。月光从上方照入林间,你会觉得看见了月光的线条,恰是诗人所言"月照花林皆似霰(xiàn)"。此情此景正适合观察中学物理课上教的"丁达尔现象"。霰(graupel),是水的小晶粒,对可见光有强烈的散射,要不我们老祖宗认为它"从雨从散"呢。多少人把霰弹枪念成 sǎn 弹枪,不是没有道理的。

"空里流霜"其实还是说空气中散布着小冰粒,应该是霰(凝结到其他物体上的聚集体,aggregate,才是霜。原则上,直接从水蒸气过渡

月照花林皆似霰

到固态的是霜。温度较高、含有液滴的水蒸气是雾),霰对月光有强烈的散射。散射光线强度虽然够照明的,但是物体上反射的光线经过散射介质后,无法保持光线的近邻关系,就是无法成像,于是"汀上白沙看不见"。这里的"看不见",不是眼睛没看见自物体的来光,而是没有能力从光线中提取物体的像。这个问题,用如今的先进相机配合强大的计算能力,已经不是问题了。

月光"捣衣砧上拂还来",此句最佳。从前人们洗衣,后期会在水边把湿衣服放到石头上用木槌捶(桘、槌、椎)打,这石头就是"砧"。为什么会有洗衣服要放在砧上捣呢? 这和水的性质有关。干净的水表面张力很大,把你那油渍麻花的衣服放入水中,水都没有能力弄湿它。为此,得先把水弄脏了,比如就着水塘里的烂泥,把水搅浑了,这浑水就能把脏衣服弄湿了。请记住,干净的水不能洗衣服! 从前在唐朝那会儿,洗衣服前先用草木灰水泡衣服,跟你现在先往水里加洗洁剂是一个

捣衣砧

道理。水把衣服弄湿了,即进到织物纤维里了,溶解了脏东西,可那溶解了脏东西的水它也不愿意出来啊。如今的洗衣机需要猛烈地转动,靠离心力把脏水甩出来,从前只好靠捶打把脏水给挤出来。想象一下到晚上了,人们忙乎了一天,终于有时间洗衣服了,且那不多的衣服也有空被洗了,"长安一片月,万户捣衣声"(李白《子夜吴歌·秋歌》)得有多壮观。将衣服在砧上捶打一会儿后,放入干净的水中漂洗(涮),然后再捶再涮。砧上有一层平静的水膜,也会反射月光。洗衣人把捣过一轮的衣服放入水中漂洗时,也会顺手把砧上的水拂去。刚被手拂过的砧表面上的水膜是动荡的,反射的效果差一些,等到水膜恢复了平(静),又能较好地反射月光了。张若虚能写出"捣衣砧上拂还来",至少是观察过别人在月光下洗衣服的。这样的句子,李白这位豪放大爷就写不出来。

捣衣砧是石头。打铁也是捶打的过程,需要砧,不过是铁砧。铁砧对铁锤,中间的压力足够大,能够让处于高温的铁块发生变形。你看,坚硬的物体猛烈撞击,中间会形成巨大的压力。金刚石是最硬的物质。如果将两块金刚石面对面的挤压,则金刚石两面,再外加一个垫

金刚石对顶砧

片,所圈住的小区域就能产生高压,这样的装置就是diamond anvil cell。Diamond anvil,就是金刚石对顶砧,用来研究高压物理。

"鸿雁长飞光不度,鱼龙潜跃水成文"这一句,文献中的解释很混乱。其实,这是非常工整的一联。以联句的规范,加上物理的眼光,这句解释没有什么可供恣意发挥的余地。鸿雁长飞,但光不会随它而去,此处的"度"也见于《木兰诗》里的"万里赴戎机,关山度若飞"一句。与此相对,鱼龙跃起来又潜入水中,是会激起水波的(见李白《观鱼潭》一节)。文,纹也,代指花样(pattern)、现象(phenomenon)及其变化,天文学、水文学就是通过研究天体、水体相关的花样、现象以探究自然规律的学问。

之三十四 高適《夜別韋司士,得城字》

原 文

高馆张灯酒复清,夜钟残月雁归声。
只言啼鸟堪求侣,无那春风欲送行。
黄河曲里沙为岸,白马津边柳向城。
莫怨他乡暂离别,知君到处有逢迎。

关键词:河曲,岸

外一首

刘长卿
《送河南元判官赴河南勾当苗税充百官俸钱》

春草长河曲,离心共渺然。
方收汉家俸,独向汶阳田。
鸟雀空城在,榛芜旧路迁。
山东征战苦,几处有人烟。

关键词:河曲

物理解释

水是生命的源头与保障,故人类早期文明必定是大河文明。黄河是中华民族的母亲河,一直是我们敬畏与依靠的存在,自然也会频频出现在各种文献当中。唐诗中提及黄河的作品俯拾皆是,王之涣的《登鹳雀楼》更是尽人皆知:"白日依山尽,黄河入海流。欲穷千里目,更上一层楼"。这可是融入了我们文化基因的诗句。

黄河是地表上数得着的大河。谈论黄河这种复杂结构的发源地及其长度,至少从学术的角度来看值得商榷。前端流域盆地的树状结构,后端河流主干的曲折蜿蜒,都不是用简单的直线段的语言可以描述的。黄河的典型特征就是"弯曲",沿黄河有不少因黄河的弯曲形态而得名的地区,大的有河套地区、河曲县,小的可能是各种湾(弯)。有歌曲咏叹"天下黄河九十九道弯嘿",这不算夸张。人们在描述黄河时,都会习惯性地抓住弯曲这个特征。其实,弯不是大河的特征,它是重力场下

黄河

137

牛轭湖

不规则表面上流动的流体的特征。小河的特征也是曲折蜿蜒,要不怎么人们唱"弯弯的小河"呢。玻璃板看起来是平的,但其表面因为吸附物不均匀,水与界面的亲和程度也是不均匀的,在玻璃板上洒点水,那

黄河的乾坤湾

水流也是曲折蜿蜒的。

　　河流是曲面(二维)上的线状(一维)流体。河流在数学上是高维空间中的大范围低维存在,在物理上它是流体,这都注定了它必然是弯曲的。河水打弯的地方,两岸变得不对称。设想河流从左至右流过你面前,你所在的内圈的岸是凸的,外圈的岸是凹的。在内圈的凸岸一侧水土更容易沉积(这就是诗里的"黄河曲里沙为岸"),在外圈的凹岸一侧则更容易被水流侵蚀,天长日久,这水湾就往外扩展,变得越来越弯。曲水流缓可为津,故河湾处常有渡口。水湾的最终命运是弯曲河道的入口与出口闭合,河水从此径直顺流而下,在旁边留下一个仿佛与那条河无关的牛轭湖(oxbow lake)。顺黄河道一路走过去,应该能见到不少这样的牛轭湖,比如哈素海、乌梁素海。

之三十五 刘希夷《代悲白头翁》*

> **原文**
>
> 洛阳城东桃李花，飞来飞去落谁家？
> 洛阳女儿好颜色，坐见落花长叹息。
> 今年花落颜色改，明年花开复谁在？
> 已见松柏摧为薪，更闻桑田变成海。
> 古人无复洛城东，今人还对落花风。
> 年年岁岁花相似，岁岁年年人不同。
> 寄言全盛红颜子，应怜半死白头翁。
> 此翁白头真可怜，伊昔红颜美少年。
> 公子王孙芳树下，清歌妙舞落花前。
> 光禄池台文锦绣，将军楼阁画神仙。
> 一朝卧病无相识，三春行乐在谁边？
> 宛转蛾眉能几时？须臾鹤发乱如丝。
> 但看古来歌舞地，惟有黄昏鸟雀悲。

关键词：年岁，相似，不同

---

* 此诗又名《白头吟》《有所思》。

贾曾

《有所思》

> 洛阳城东桃李花,飞来飞去落谁家。
> 幽闺女儿爱颜色,坐见落花长叹息。
> 今岁花开君不待,明年花开复谁在。
> 故人不共洛阳东,今来空对落花风。
> 年年岁岁花相似,岁岁年年人不同。

物理解释

刘希夷(651—约679)的这首《代悲白头翁》以一句"年年岁岁花相似,岁岁年年人不同"而震动当时的唐朝文坛,奠立了刘希夷在中国文学史上的地位。有传说刘希夷因这联佳句遭人觊觎抢夺而殒命,凶手包括宋之问(《全唐诗》同时收有记在宋之问名下的这首诗)、张若虚(《春江花月夜》的"人生代代无穷已,江月年年望相似"一句有嫌疑)等不同说法。今人闻一多更有刘希夷是因为这首诗泄露天机而遭天谴的说法,不知算是恶毒诅咒还是由衷膜拜。后来的诗人对刘希夷的这首《代悲白头翁》活剥的、生吞的都有,包括此处收录的唐朝贾曾(?—727)的《有所思》直至清代曹雪芹的《红楼梦·葬花吟》。刘希夷的命运,一来说明真正的佳作实在罕有,二来说明文坛也是粗人的江湖,只是他不幸两方面都遭遇了极端而已。说真的,一个人,如果没有作品被无赖抢夺过的经历,都不好意思说自己是作家。

笔者喜爱刘希夷的这首诗,除了它作为诗的优美之外,更在于"年年岁岁花相似,岁岁年年人不同"这句说出了物理学之最深刻的底层内容。首先是不同,与之关联的概念包括变化、运动,这是物理学一开始研究的内容,研究的数学手段包括微分(differential calculus)与变分(variational calculus),以及带了浓重物理色彩的数学手段:变换(transformation)理论。有很长的一段时间,我都相信我读到的"物理学是研究运动与变化的科学"的说法。然而,慢慢地,我发现哪儿不对劲儿了。变化是千变万化的,那里的可能性太多,变化中的极值问题、变化中的不变、不变变换、对称性、守恒律等概念才是让我们能体会到自然规律的地方。世界是变化的,我们找寻不变性,即"万变不离其宗"里的那个"宗"。约在1894年,居里先生(Pierre Curie, 1859—1906)指出对称性本身是物理学的研究对象,1918年诺特女士(Emmy Noether, 1882—1935)发表了"不变的变分问题(Invariante Variationsprobleme)"一文将对称性与守恒律联系起来,从此理论物理才有了理论物理该有的样儿。

变化当然是关于时间的变化。要不怎么说"年年岁岁花相似,岁岁年年人不同"呢,要不怎么问"桃李明年能再发,明年闺中知有谁"呢。然而,拿时间来谈论运动与变化,真的是理所当然的吗? 我们不是基于变化与运动才感知到时间并对时间计数的吗?物理学,终究比诗歌少了些浪漫,多了许多的严谨与困惑。

葬花

之三十六 杜甫《湖城东遇孟云卿,复归刘颢宅宿,宴饮散,因为醉歌》

原文

疾风吹尘暗河县*,行子隔手不相见。
湖城城南一开眼,驻马偶识云卿面。
向非刘颢为地主,懒回鞭辔成高宴。
刘侯叹我携客来,置酒张灯促华馔。
且将款曲终今夕,休语艰难尚酣战。
照室红炉促曙光,萦窗素月垂文练。
天开地裂长安陌,寒尽春生洛阳殿。
岂知驱车复同轨,可惜刻漏随更箭。
人生会合不可常,庭树鸡鸣泪如线。

关键词:同轨,刻漏,箭,泪如线

物理解释

杜甫不止在诗作中明着谈论"物理"一词,其在诗作中也常有特别符合物理的章句。这首《湖城东遇孟云卿,复归刘颢宅宿,宴饮散,因为醉歌》的后两句,物理学知识密度之高,放在整部《全唐诗》中都名列前茅。

"驱车复同轨",关于"车同轨"问题的物理解释,见薛能《行路难》

---

* 县,通悬。《礼记·经解》云:"故衡诚县,不可以欺轻重。"

一节。"刻漏随更箭",关于"刻、漏、更、箭"问题的解释,见李益《宫怨》一节。在这里,它是说漏壶上的刻度,随着时间的流淌(其实是随着漏壶里的水漏下去所造成的水面不停地降低),其被漏壶里的箭头(它就是近代各种仪表指针的原型)指示的位置也在降低。知道了这句里的物理,就明白了杜甫是想说"没料想我们有相遇的缘分,可惜时光过得太快了"。人生相遇是偶然的事件,院子里树上的公鸡开始叫了,我们也要各奔东西了,当此时也,(伤心的我)"泪如线"啊。

"泪如线"是个极为夸张的说法。我们不说流泪(怪伤感的),就用屋檐或者草叶往下滴雨水的情景来展开讨论吧。当雨下得非常大时,屋檐的滴水才是连成线的。当水刚够在固体表面上形成水膜时,屋檐上的雨水或者树叶上的露水会在重力的作用下滑向边缘。由于水有较大的表面张力,水有弹性的皮,增加表面积是要花费能量的,故而能够维持较大(尺度约为 5 mm 量级)的梨形的、连着上端水膜的水滴。当液滴足够大时,重力足以撕裂水的表面,此时就会发生断裂,上部的水膜因为要取表面能尽可能小的构型而往上缩回去,断裂的部分则形成雨滴(在超快相机下你能看到它的上部要弹跳好几次)掉下来。古希腊人斯塔托(Strato,约前335—前269)注意到,雨滴下落的过程中,越往下雨滴之间的间距就越大。也就是说,对于雨滴下落这样的自由落体运动,它是加速运动。这大约

草叶上的雨水

屋檐滴水

是第一个被认识到的关于运动的事实,在物理学史上具有重大意义。约在1604年,意大利人伽利略(Galileo Galilei,1564—1642)通过对小球在斜坡上自由滚落的研究,得到了下落距离与时间平方成正比的规律,即 $h = \frac{1}{2}at^2$。

之三十七 韦应物《滁州西涧》

原文

独怜幽草涧边生，上有黄鹂深树鸣。
春潮带雨晚来急，野渡无人舟自横。

关键词：潮，舟，自横

物理解释

韦应物（约737—791）的这首《滁州西涧》，简单的两句构织了一幅非常自洽的、意境幽深的风景画。整首诗字句平淡，但最后一句如果从物理的角度细品却也别有深意。春末时节，落着雨，山涧中潮水急涌。在这样的天气，野外的渡口既没有了来往的行人，摆渡的艄公也回家去了，留下船在水面上自顾自地横着。我们假设诗中的渡船是一般的小木船，是关于船头到船尾的中心线两侧对称的，且是细长型的。

山涧上的渡口，应该是选在水面开阔、两岸也不是很陡峭的地方。平常的日子里，渡口处水流平缓。现在，因为"春潮带雨晚来急"，渡口处的水流也是湍急的。在这样的水流中，一条被系住或者锚定的小船，其形态一定是船的尖头对着水来的方向（当然，如果是船尾被拴住的，那就只好船尾对着水来的方向），船身与水流方向平行。这样，从岸上的观者看来，船是横着的。确切地说，是船头-船尾方向与渡口的方向相垂直。

设想船初始时是以任意取向停留在平静的水面上的。当上游来水

野渡无人舟自横

时,一方面船要顺水往下游漂,另一方面水流在船的两侧造成不同的力矩会让船转动起来。当然,缆绳会阻止船继续向下游漂流。当缆绳绷紧时,船体也最终会采取船头-船尾的取向顺着水流的姿态。这个时候,虽然水流在船两侧造成的力矩也是忽大忽小的,但小船的这个样子的平衡是稳定平衡,船整体方向的摇摆只是关于平衡位置的小幅度涨落。春潮带水尽管急,而这无人照料的渡船却自有一份恬淡从容。

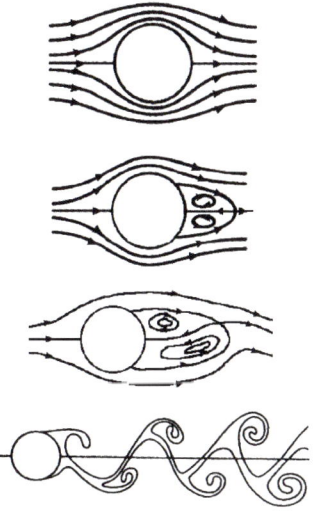

流过圆柱的水流随流速的变化

之三十八 贺知章《采莲曲》

> **原文**
>
> 稽山罢雾郁嵯峨,镜水无风也自波。
> 莫言春度芳菲尽,别有中流采芰荷。

关键词:自波

原文大意

会稽山上雾气散了,显露出高耸且郁郁葱葱的群山,水面平静如镜,偶尔无风也会自激励出微澜来。不要说什么春天过去芳菲落尽,那镜湖里还有菱角、莲蓬可采呢。

物理解释

贺知章(659—约744)的这首《采莲曲》描写的是会稽山和镜湖的景色,诗很美,但唐诗中这种水平的诗作很多。如果说亮点,那要数"镜水无风也自波"这半句,它富有科学内容,其中的自波,即 self-oscillation(自振荡)引起的波,论及的是一个非常独特的现象。在更普遍意义上说,存在自发现象,或者叫自激励(self-excitation)现象。

一个湖被称为镜湖,那大约是群山中被山峦四面环绕的湖,因为是半封闭空间,水面平静,故湖面有镜子的效果。"镜水",理解为"镜湖的水"或者"有镜子效果的水"都行,因为"镜湖"本就是"水面平静可作镜子的湖"。贺知章在《回乡偶书》之二中有"惟有门前镜湖水,春风不改旧时波"句,情境与此诗同。一片平静如镜的水面,偶尔有微风吹拂,就会泛起波澜。如果一直没有风儿来扰动水面,人们一般会期望水面就一直那么保持平静的状态。这里的因果关系,大家都觉得好理解。然而,诗人却说"镜水无风也自波"。"无风自波",是说一个体系在没有外来周期性扰动的情形下会自己激励出振荡模式。类似现象的描述也见于其他唐诗中,如杜甫《暮登四安寺钟楼寄裴十》中的"暮倚高楼对雪峰,僧来不语自鸣钟",薛能《行路难》中的"藏山难测度,暗水自波澜"。

虽然,一个平静的水表面在看似无风的前提下兴起波澜是否可归于自激励现象笔者说不好,但"无风自波"的现象却是常见的,当然发生自激励现象的体系也会略复杂一些。试举例说明。考察一块草场,其上生活着一个食肉动物种群和一个食草动物种群。一般的年头里,食肉动物种群和食草动物种群都维持在一个稳定的规模。某一年,也许

无风自波

只是因为食肉动物中的某两只打架太卖力了点,有了比往常更强烈一点儿的饥饿感(此为开始时的一个涨落性的因素),造成了食草动物数量的减少,这接下来就会造成食肉动物的种群减小规模,而这又造成了接下来食草动物种群规模的上扬,于是乎这两者此消彼长,会形成长周期的种群规模振荡。这是一个典型的微小涨落引起系统振荡的例子。其实,过去老房子里的水管子突然响了,老年人的"不用扬鞭自奋蹄",都是自激励现象。

自激励现象在很多领域,包括经济学、生物学、声学、电磁学与电子学等,都有表现,也发展出了专门的数学理论,比如关于动力学系统之结构稳定性的理论。麦克斯韦、瑞利爵士(Lord Rayleigh,1842—1919)、赫兹(Heinrich Hertz,1857—1894)和庞加莱(Henri Poincaré,1854—1912)这些数理巨擘对这个现象都有论述。

之三十九 钱起《宴郁林观张道士房》

原 文

灭迹人间世,忘归象外情。
竹坛秋月冷,山殿夜钟清。
仙侣披云集,霞杯达曙倾。
同欢不可再,朝暮赤龙迎。

关键词:迹,象

原文大意

从世间隐匿了自己的踪迹,内心也超越了世俗之情。道观的圆坛里种着竹子,竹梢上是冷冷的秋月;依山的大殿,夜晚传出清朗的钟声。(神仙般的)一伙人聚集在一起,到天放亮了还往彩霞纹的杯子里面倒酒。饮酒同欢不可继续下去了,此时已是旭日东升。

物理解释

钱起的这首《宴郁林观张道士房》诗,记述的是一次一伙人到山中的道观里喝酒作乐,通宵达旦。该诗的后三句平淡无奇,但其第一句"灭迹人间世,忘归象外情"却不太好解,许多诗词解读的文本对此都是含糊其辞。但是,如果从物理学的角度,抓住"迹、象"两个关键词,再考虑到道家、佛家的一些出世、离相(象)的思想,这一句就好理解了。钱起另有诗《暇日览旧诗因以题咏》,其中有句"有寿亦将归象外,无诗兼不恋人间",可见他对"象"的概念多有思考。

先说"灭迹人间世"。据说出家之人首先会从俗世间消除自己的踪迹。迹,大型动物从地上走过,就会留下脚印,所谓踪迹、印迹。好猎手都熟知动物的足迹。对痕迹的研究,如物理学家对粒子径迹的研究、警察对犯罪现场各种痕迹的研究,那都是相关工作的关键内容,也是体现专业水平的地方。进一步地,世间一切存在都会留下痕迹,那研究各种存在留下的迹就是理解各种存在的必然途径。"鸟儿从天空飞过,但没有痕迹",那是你没有看到痕迹的眼光。相信"从天空飞过可以没有痕迹"的隐身飞机都后悔了。

存在就有痕迹,这让留下痕迹者很苦恼。消除自己留下的痕迹是不少动物早就学会的本领。至于人,特别是自诩有灵性、有觉悟的一伙儿智者,"灭迹人间世"更是一种追求。吴筠《题龚山人草堂》诗中的"灭迹慕颍阳,忘机同汉阴"一句就指明了方外智者的境界:灭迹⊕忘机。韦应物《寄柳州韩司户郎中》诗中的"达识与昧机,智殊迹同静",更显境界之高。

雪地上留下的迹

迹，迹多而成径，路径。对迹（trace）、轨迹（locus, trajectory）、路径（path）的研究，可以说整个儿就是物理学研究对象的半边天。对轨迹、路径的研究，很多人可能早就注意到其重要性了，在中学课堂上就要学满足一定条件的点的径迹（locus）、引力场下飞行物体的轨迹，到学量子力学时可能也关注过路径积分，但是——只谈我个人的学习感受哈——对矩阵的迹（trace）的概念，德语为Spur，就是兽迹，却理解得不够到位。一个$n×n$的方矩阵$A=\{a_{ij}\}$，其中$i, j=1, 2, \cdots, n$，它的迹就是它所有对角项之和，$\text{Tr}(A)=\sum_{i=1}^{n}a_{ii}$（见温庭筠《商山早行》一节）。我到当上老教授时，都对这个迹$\text{Tr}(A)=\sum_{i=1}^{n}a_{ii}$的重要性认识不足——仅仅取对角项之和能反映一个矩阵的多少内容呢？直到我认真读了矩阵力学（量子力学的第一种表述形式）的创始人玻恩（Max Born，1882—1970）与约当（Pascual Jordan，1902—1980）合著的 *Elementare Quantenmechanik*（基础量子力学）一书，才多少有一点感觉。你若熟悉$\text{Tr}(A)=\text{Tr}(B^{-1}AB)$这样的关于"迹"的学问，量子力学就会变得很亲切。

沙漠上留下的迹

"忘归象外情",忘了回家或者忘了回归俗世,此乃"象外情"。象,现象(appearance),现出来的、为我们所见的即为"象"。汉语中的气象万千、万象更新、包罗万象、超然象外、险象环生等,都是在谈论"象",现象。"象"通"相",西文的phenomenon(象)与phase(相)也是同一个词,说明它们在本质上有相通之处。相也是物理学要深入理解的一个重要概念。伽利略认识到认为地球绕太阳转比认为太阳绕地球转要更合理、更方便,就是基于对金星的相(phase of Venus)的研究(如果只考虑太阳与地球,那没有区别)。我们研究世界,第一步就是认识现象。如果我们满足于现象层面的认识,在现象的层面上解释我们所认识的现象,这就是唯象的理论(phenomenological theory)。可是,我们想寻求事物的本质,想知道现象之下深层的机理(underlying mechanism),这样的学问就是mechanics。物理学家和那些修行的智者一样,追求"象外"的境界。离相而有mechanics。Mechanics(Mechanik, mecanique, meccanica),不幸被胡乱汉译成了"力学"。如果你当真把mechanics理解成为"力学",那你会发现有很多不可思议处,学起来也费劲。

顺便说一句,"像"字出现得很晚,它在"画像"一词中的用法是其本义。愚以为,汉语把凸透镜的光学imaging译成"成像",并且有"实像(real image)""虚像(virtual image)"的说法,似乎隐隐有些不妥。你把这里的image看作象(phenomenon)和相(phase),会理解到更多正确的物理内容。海市蜃楼(mirage)就是因为光线因折射而(连续)弯曲从而对远处物体或者天空成"象"的现象。注意,我们汉语中管用照相系统得到的image叫相片!

海市蜃楼

之四十 郭震《古剑篇》

原 文

君不见昆吾铁冶飞炎烟,红光紫气俱赫然。
良工锻炼凡几年,铸得宝剑名龙泉。
龙泉颜色如霜雪,良工咨嗟叹奇绝。
琉璃玉匣吐莲花,错镂金环映明月。
正逢天下无风尘,幸得周防君子身。
精光黯黯青蛇色,文章片片绿龟鳞。
非直结交游侠子,亦曾亲近英雄人。
何言中路遭弃捐,零落漂沦古狱边。
虽复尘埋无所用,犹能夜夜气冲天。

关键词:铁冶,红光紫气,锻炼,琉璃,青,绿

原文大意

你难道没看到用昆吾矿石冶炼的情景,浓烟腾起,炉火通红?良工巧匠经过几年的锻与炼,才铸得那把龙泉宝剑。龙泉剑刃亮如霜雪,剑工自己也得意地为之惊叹。放在琉璃玉匣里它仿佛是一朵白莲,其上错落镂刻的金环映照月光。当其时也,天下没有争战,庆幸可用于君子防身。(多少年之后)这把剑啊,通体泛着青光,剑鞘也浮起绿色的花纹。不只是曾落入游侠之手,它也曾属于英雄豪杰。不知道怎么中途被丢弃,沦落到被掩埋在古狱旁边了呢?虽然它被泥土掩埋时不得其用,它

的赫赫剑气应该还是夜夜直击牛斗之间吧。

知识补充

昆吾山,上古山名。《拾遗记》记载:"昆吾山,其下多赤金,色如火。昔黄帝伐蚩尤,陈兵于此地,掘深百丈,犹未及泉,惟见火光如星。地中多丹,炼石为铜,铜色青而利。泉色赤。山草木皆劲利,土亦刚而精。"

《越绝书》载:春秋时欧冶子凿茨山,泄其溪,取山中铁英,作剑三枚,曰:龙渊、泰阿、工布。

晋朝张华,见天出异象,牛斗二星之间常有紫气映现,便让天象专家、豫章(今江西南昌)人雷焕深夜来府,登楼向其请教。雷焕称这是地下宝剑的精气投射到了天际。张华忙问:"剑在何处?"雷焕仰头凝望星空,按牛、斗二星的方位测算,正对着豫章郡的丰城监狱。张华任命雷焕为丰城县令,实则去秘寻射光之剑。雷焕果在牢狱之下,掘地四丈得一石匣,内有龙泉、太阿二剑。是夜子时,牛斗之间的紫光消失。王勃《滕王阁序》中的"物华天宝,龙光射牛斗之墟",就是援引这里的传说。

物理解释

郭震是武将,这篇《古剑篇》咏物言志,明面上是谈论被埋没的龙泉宝剑,实则是论(有一定岁数的)人。然而,这首诗是科学内涵密度极大的一首诗。首先是论及采矿冶铁。铜可以单质的形态存在于自然中,且熔点仅约为 1083 ℃。冶炼铜是让铜从其他矿物中分离并形成大块,冶炼青铜则是为了获得硬度更高的铜合金,为此要加入锡(熔点约 232 ℃)、铅(熔点约 327 ℃)等金属元素。冶炼青铜所需温度较低,800—900 ℃,故青铜出现较早。冶铁用铁矿石(有 Fe_3O_4、Fe_2O_3、$FeCO_3$ 等)加炭一起燃烧,还原出铁水,自然冶炼的场所就又是火又是烟的。生铁硬、脆,熔点也高,为了制备铁器,需要更高的炉温才能将其加热到身段柔软然后成型,为此要对其进行锻-炼。锻,用力挤压、捶打。冷却了以后的铁块变硬,就捶打不动了,这就要放回炉子中再加热,这是炼。经过多轮的锻-炼,最后才成器,比如被打

锻-炼

制成了一把菜刀。对金属进行加热、捶打会改变金属的微结构,也就会改变其物理性质。一个加热了的金属件,在高温下保持一定时间缓慢地降至室温,这是退(tuì)火。如果是迅速抛入冷却液中急速降温,这是淬(cuì)火。退火与淬火是完全不同的工序,但发音相近,在嘈杂的环境中很容易听错。于是,人们改用蘸(zhàn)火的说法代替淬火。金属冶炼是人类文明演化史的重要部分,金属物理是专门的学科。锻炼、锤炼也用于人,担起某项责任叫锻炼,活动活动胳膊腿儿也被称为锻炼。

用矿石冶炼金属,除了获得液态的金属以外,还会产生尾渣。冶炼青铜器的尾渣,其重要成分有氧化硅(SiO_2)、氧化铝(Al_2O_3)、氧化铅(PbO)等。这些物质混合烧结得到了一种非晶或者多晶的物质,因为成分不稳定会表现出不同的颜色,曾被称为五色石。这就是琉璃。由

琉璃

于琉璃晶莹剔透,也非常珍贵,烧制琉璃也成了专门的行业。

此诗中的"红光紫气"说的是炉膛里的颜色。这可是大事儿,它直接导致了量子论的出现。铁矿石加炭,炉膛一开始里面是黑乎乎的;随着温度的不停升高,炉火颜色变红、变黄,直至后来变白、变青,故有"白炽""炉火纯青"等说法。从颜色可以估计炉膛内的温度。当然,在科学上这归于不同温度下空腔内辐射谱分布的研究。人们发现,不同温度下的辐射强度随波长的分布具有规律性,对这个问题的研究在1900年引入了光能量量子化的概念,即一定频率的光,其能量是一份份的,且这每一份的能量与频率(这就和颜色联系上了,就能理解炉膛里的颜色变化了)成正比,$\varepsilon = h\nu$,其中h是普朗克常数。普朗克常数是量子论的标签,贴上这个标签的理论就是量子理论。更多内容参见拙著《黑体辐射》。

这首诗频繁提到剑的颜色,如青蛇色和绿龟鳞。铜锡铅合金颜色应是黄色,在古代被称为吉金。之所以屡屡被称为青铜,是因为铜在潮湿空气中会生锈,分子式为$Cu_2(OH)_2CO_3$,呈绿色。文、章也可指颜色,《周礼·考工记》谓:"青与赤谓之文,赤与白谓之章"。固体的光学性质是非常重要的课题。从颜色可大致判断物质的性质,相关知识很重要,比如蓝色很可能意味着有毒[$CuSO_4 \cdot 5H_2O$,$Cu(OH)_2$都呈蓝色]。有两个值得我们知晓的从颜色判断导致重大科学发现的案例。化学家白川英树(1936—)在20世纪70年代初用乙炔气制备多炔聚合物,原是期望得到黑色粉末状物质。由于一位工作人员操作失误,向原料中多加了催化剂,结果得到了颇像金属的银光闪闪的薄膜。而这一错误竟然导致了奇迹——导电的聚乙炔薄膜被合成出来了。这里面的关键在于从颜色上大致判断出该物质很可能导电。另一个从颜色看出问题的案例是切伦科夫辐射现象的发现。物理学家切伦科夫(Пáвел Алексéевич Черенкóв,1904—1990)注意到围绕放射性物质的水呈淡蓝色,这个现象很奇怪。对这个现象的深入研究揭示了一种新的发光机理:运动速度超过介质中光速的带电粒子,其处于匀速运动状态也会辐射电磁波。

之四十一 白居易《钱唐湖春行》

原文

孤山寺北贾亭西,水面初平云脚低。
几处早莺争暖树,谁家新燕啄春泥。
乱花渐欲迷人眼,浅草才能没马蹄。
最爱湖东行不足,绿杨阴里白沙堤。

关键词:燕,啄泥

原文大意

从孤山寺北面到贾亭西边,一眼望去,雨后的湖面刚好与堤岸齐平,远处云脚低垂。几只早出的黄莺争相飞往向阳的树木,谁家新长成的燕子忙着衔泥筑巢。纷繁渐开的花朵使人眼花缭乱,浅草刚刚够得上没过马蹄。俺最爱湖东的景色,总想走过去看看;绿柳荫中穿过一条白沙堤。

外一首

杜甫

《燕子来舟中作》

湖南为客动经春,燕子衔泥两度新。
旧入故园常识主,如今社日远看人。
可怜处处巢君室,何异飘飘托此身。
暂语船樯还起去,穿花落水益沾巾。

关键词:燕,衔泥

织巢鸟编窝

物理解释

略高等些的动物都有择地筑巢(打穴、搭窝、建房)而居的习惯。哪怕是一些迁徙的鸟类,比如燕子,一年之中也有一段时间会定居在一个地方。鸟类筑巢的手段精彩纷呈,比如织巢鸟会在枝头上用鲜草叶编窝,喜鹊在树杈上用枯树枝垒窝(架构),鹧鸪在水面上用水草垒窝。这里面鸟儿们也许未认识到的关键问题是如何对抗重力。(单根)树枝向上的拉力,(几根)树杈合力向上形成的支撑,水草之下的水提供的浮力,这些是小鸟儿们选择的对抗重力的不同策略。鸟儿们自知对抗重力不易,故而大多数鸟类垒窝使用的都是植物茎叶这类比水还轻的物质。

然而,有一种小精灵,我们熟悉的家燕,却采用了一种艰难的筑巢策略。它选择的建筑材料是大比重的湿泥,利用的建筑基础是那种只能提供部分支撑甚至完全不提供支撑的房檐屋角。它是怎么做到的?

家燕是一种夏候鸟,在中国大部分地区均有分布。在中国北方,家燕到来时正值初春,因此家燕的到来也被看作春天来临的标志。春天的华夏大地是作为繁殖地被燕子相中的。燕子来后不久即开始繁殖活动,为此要做的头等大事就是筑巢。家燕常栖息于人类居住的环境中,会把巢筑在人类房舍内外的墙壁上、屋椽下或横梁上。如果你仔细观察,会发现燕子筑巢要面临几个很有意思的难题。

燕子筑巢是用湿泥一层一层垒起来的,属于建构方式中的砌筑。春天燕子在河沟旁啄泥是常见的、令人共情的温馨场景。观察一下燕子的窝,会发现其尺度一般在10厘米左右,筑巢所用的土方量对于毫米级的燕儿口来说是个巨大的负担,因此家燕会选择在墙壁上、屋椽下或横梁上筑巢,这样它只需建造一个开放的外墙(形状不一)就能得到一个好用的窝。燕子选择以人类屋舍作为出发点筑巢,这可以理解为一个优化过程。至于燕子具体实际所筑部分的几何,当然,也可以理解为是为了就和人类的生存环境,求一个给定约束条件(从人类的房屋出发)下的问题(筑巢)的解。

燕子筑巢,大致有四种构型,为在梁上、屋(顶)角、立壁上或顶壁上,建筑难度逐次递增。就后三种情形而言,重力都随时会让燕窝坠毁,然而几乎没有燕窝掉落的事情发生。其实,燕子的窝一般有

燕子啄泥

燕子垒窝

20多层(的泥丸),垒窝时间短则三四天,长则需要十天,这主要是因为要等新垒层同前一层的结合处足够干燥而外延面还不是太干燥时才能垒下一层,这就耽误时间了。燕子衔泥的时候,会故意混入一些草棍儿,特征长度约是泥丸尺度的两倍,这样垒起的燕窝,强度因夹杂的草棍儿得到了加强。

大家显然注意到了,燕子垒窝的困难在于如何垒上第一层。在干燥的木板、土墙或者石灰涂层上垒上一层湿泥(用专业术语讲,这叫异质生长。第二层泥垒在第一层泥上这叫同质生长),还要让它在重力下即便无支撑也不会掉下去,这就要靠湿泥和它要附着的基底之间的附着力,而很多时候这个附着力是不够的。为此,燕子可能先要靠自己的分泌物弄湿基底的表面,在基底和湿泥之间建立起一个过渡层,且一开始垒的泥要非常薄。如果是在石头光滑表面这种极为不易附着的表面上垒窝,一些种类的燕子甚至会全靠动用自己的分泌物完成初始的垒窝过程。待附着问题解决以后,燕子才会开始快速垒泥。

燕子垒窝过程的一些技术细节在微观世界里都有体现,并为我们在应用中所效仿采纳。燕窝的泥丸通过小草棍儿的连结,让燕窝整体上获得了客观的强度。类似地,贝壳由碳酸钙纳米片以及胶质组成,非常有韧性(结实),问题就出在其也是用柔软的线状胶质把脆硬的无机物连结起来。燕窝选址的房屋顶角、立壁和顶壁等情形,在原子表面生长的语境中就对应着kink(拐角),step edge(台阶),terrace(平台)等情形。原子在这些点位上的附着行为是不同的,这是研究原子生长过程(燕子垒窝过程)要重点关注的问题。特别地,当我们想在A物质基底上生长C物质的薄膜时,我们遇到的技术难题也恰是一开始的附着问题。跟聪明的燕子一样,我们也学会了采用过渡层(transition layer),也称缓冲层(buffer layer),的策略,比如选择与A物质和C物质都还相契的B物质作为过渡,先谨慎地长成 A-B-C 的结构,然后再生长C物质。当然,也都是先处理基底物质的表面,一开始缓慢地完成异质生长,等获得满意的初始生长结果后再提高生长加速,等等。事儿不同,道理一也。

不知道如今广为流行的3D打印制造技术是不是来自燕子垒窝的启发?

燕子窝

之四十二 刘禹锡《乌衣巷》

原文

朱雀桥边野草花,乌衣巷口夕阳斜。
旧时王谢堂前燕,飞入寻常百姓家。

关键词:堂,寻常,家

物理解释

刘禹锡(772—842)的这首《乌衣巷》词句浅显、画面感极强。前一句写景,"(金陵秦淮河上的)朱雀桥边,野草夹杂着野花;乌衣巷口,夕阳西斜",这没有什么异议。后一句一般会被随便解释为从前王、谢两家的燕子,如今飞进了寻常百姓家。有的解释还会添加一些知识,谓"从前王导、谢安两家的燕子,如今飞进了寻常百姓家"。这样的解释有些儿胡闹。王、谢两家是晋朝的两大望族,而刘禹锡是唐朝人,即以这两家的代表人物王导(276—339)、谢安(320—385)而论,这上下也差了约五百年。当年的燕子早已不在,如今在飞的燕子也不知源于何处。如果换个表达,"从前燕子进出的是(东晋)王、谢两大家族的厅堂,如今飞进的是寻常百姓家",这个解释就不会引起歧义。在朱雀桥边,乌衣巷口,从前燕子飞进去的是名门望族之家,而今燕子飞进去的却是寻常百姓家。这就是了,刘禹锡借这首诗感叹的是沧海桑田、世事多变。昔日的朱雀桥、乌衣巷曾是钟鸣鼎食人家所在,如今野草丛生,荒凉残照,居住的不过是普通百姓引车卖浆者。全诗没有一句议论,但凭借着景色描写硬是巧妙地将读者带入了对社会与人生的深入思考。

那么,这个"从前燕子飞进去的是名门望族之家,而今燕子飞进去的却是寻常百姓家"的解释就对吗?笔者以为,因为缺乏对"寻常"这个词的正确理解,上述对《乌衣巷》一诗后一句的解释还是未能抵达其真正旨趣。如果你知道寻常是寻、常这两个字的引申用法,而寻、常都是长度单位,回头再看"旧时王谢堂前燕,飞入寻常百姓家",你可能会有别样的体会。

寻,按《说文解字》的说法,"度人之两臂为寻,八尺也"。平伸两臂所张开的长度(英文为 arm span)为一寻,定为八尺。这里的尺,则对应"拃",即我们把手张开所能跨越的最大距离,一般为拇指尖到中指尖的距离。对于一般人来说,两臂伸直,两指尖的距离恰好是 8 拃。各位不信,可以自己试试。汉语里还有一个字,庹,也是表示平伸两臂所张开的长度。寻也罢,庹也罢,作为平伸两臂所张开的长度,一个蹊跷的地方是,对一般人来说这恰恰是该人的身高。西方语言里的 meter,来自希腊语动词 μετρέω,也是平伸双臂那么一量的意思。我们把 meter 简单音译为"米"。"米"是物理学里的一个基本长度单位。

长度测量是人类面对环境最自然的需求之一。先秦时期的《诗经·鲁颂·閟宫》载:"徂徕之松,新甫之柏。是断是度,是寻是尺。"你看,砍好了树,接下来就面临测量长度的问题。一开始我们只关注同我们自身特征尺度相比拟的环境。之所以寻,即平伸两臂所张开的长度,成为长度单位,那是因为我们自身是我们面对的这个世界的标度。我们自身也是我们最方便携带的测量工具。寻恰是我们测量外部世界长度时自身能提供的最大长度单位。常,就是两寻的长度。《小尔雅·广度》云:"寻舒两肱,倍寻谓之常。"这里寻、常的定义完全反映了测量科学的精髓,即先是取一个具体的可为凭借的物理存在作为标准、单位(比如寻),然后进一步地用重复测量、放大或者数学手段的延伸(常,倍寻也)等手段去实现超越基本单位的测量,甚至由此获取更大的单位量。

寻、常是我们以自身为单位去度量更大尺度之存在的长度单位。对于比我们身长来得小的尺度,我们需要去找更小尺度的存在作为物理单位,或者对单位进行收缩,或者数学地实现更小的单位。比如做 10 个等长度的物件,令其总长度为

9个长度标准,则该物件与长度标准之间的差即提供了一个0.1长度单位的物理标准。这是游标卡尺的工作原理。前述的尺(拃)以及寸,一般行进状态下迈开的步,西方的脚长(英尺,foot),拇指宽(英寸,inch),都是取自我们自身的长度单位。中医定义人两乳尖间距离为8寸,则两个不同的人的一寸长的物理长度是不一样的。你以为这是不科学的?不,这才是最科学的——你走遍宇宙圆也只有一个周长,就是2π。对一个几何体的描述只能来自其自身!更多内容,请参阅拙著《得一见机》。

令笔者更为惊讶的是,我们的老祖宗竟然针对不同方向上的长度定义了不同的长度单位,并结合了不同的测量过程。《正字通》云:"古以周尺八尺为仞。中人之身,长八尺;两臂寻之,亦八尺;两足步之,亦八尺。度高深以仞,度短长以寻,度地以步。"仞,亦作韧。原来寻、常、步、仞,竟然是携带着应用情境的长度单位。《庄子·杂篇》有句云:"不然。夫寻常之沟,巨鱼无所还其体,而鲵鳅为之制;步仞之丘陵,巨兽无所隐其躯,而蘖狐为之祥。"有了上面的知识,我们就能明白原来"寻常之沟"不是普通的水沟,而是差不多一人宽、一人深的水沟,刚好供泥鳅自得其乐;而步仞之丘陵是从上往下看其深度也就那么几步深的丘陵,刚够狐狸在其中安居乐业。

那么寻、常怎么就变成了寻常,有了普通、不起眼甚至渺小的意思了呢?获得过实验物理博士学位转行去当语文老师的朋友们都知道,用一个单位存在去度量大尺度上的存在,比如用公斤去度量一个大型煤矿的储量,则那个单位就会显得渺小了。《左传·成公十二年》云:"及其乱也,诸侯贪冒,侵欲不忌,争寻常以尽其民。"所谓"争寻常之地,以相攻伐",也就是说诸侯之间为了一人宽的领地就开启了战争。两国的国土,若用寻、常来计量,那是个大的量,两国征战也是生死大事,在征战和国土面前,寻、常之地显得微不足道。可能是顺着这个路子,寻、常就变成寻常了。从杜甫《江南逢李龟年》中的句子"岐王宅里寻常见,崔九堂前几度闻"以及元稹《得乐天书》中的句子"寻常不省曾如此,应是江州司马书"可知,至少在唐朝,寻常已经具有了寻常、普通、不值得莫名惊诧的意思了。

现在回过头来看"旧时王谢堂前燕,飞入寻常百姓家",可能大家就能领略到不一样的意味了。笔者的理解是,从前此地的燕子,飞入的是王谢两家这种名门望族的高堂大屋,而今此地的燕子飞入的却是寻、常尺度的小门脸的百姓家。寻常修饰的是家,对应的是前面的堂,这才与这首诗的主角,燕子,相契合。燕子是一种擅飞行的候鸟,它对生存环境的尺度要求是蛮高的。燕子才不管谁的身份高贵低贱,在它的眼里看到的是高堂广厦与寻、常之家的区别,空间尺度的大小才是问题所在。寻、常人家里安身,对于燕子来说,那是一种憋屈。极端的憋屈,会引起量子限域效应。

旧时王谢堂前燕,飞入寻-常百姓家

之四十三 王维《鹿柴》

原文

空山不见人,但闻人语响。
返景入深林,复照青苔上。

关键词:空山,不见,响

原文大意

幽静的山谷里看不见人,只能听到不知从哪儿传过来的说话声。落日的影晕映入了深林,又投照到青苔上。

外一首

顾况

《历阳苦雨》

襄城秋雨晦,楚客不归心。
亥市风烟接,隋宫草路深。
离忧翻独笑,用事感浮阴。
夜夜空阶响,唯余蚯蚓吟。

关键词:空,响

物理解释

王维的这首诗描写的是他在辋川别业的胜景之一鹿柴(zhài,通寨或砦)。如同王维别的诗作,这一首一如既往地用语平淡但画面感极强。然而,越是最接近自然的描述,越是接近物理,因为如杜甫所言"物理固自然"。这首诗第一句的短短十个字,包含了足够多的物理内容。

空山之境

"空山不见人,但闻人语响"反映了一个最基本的物理事实。山体是不规则的几何,上面还点缀着各种花草树木。可见光的波长约在 390—780 nm,对于人的尺度所对应距离上的可见光传播来说,那是妥妥的直线传播,即人的视觉具有沿直线进行的特征。因此,就"见"来说,在(荒)山中、山林中,这大体上属于奢望。与光相对的另一个信息传递载体是声音。一般人说话的基频可能范围在 50—500 Hz 之间,男声更低,据信平均频率约为 150—160 Hz,而声速在 340 m/s 左右。这样看来,平常人们说话的声波波长在米波范围,很容易绕过树木、房屋这类阻碍物。因此,在山中"闻人语响而不见人"便是寻常事。此外,气味在空气中的扩散大体是各向同性的,尽管会被空气的流动所携带(convection,被错误地翻译成了对流),其方向性也不够强。好的猎人才能凭借气味感知到看不见的动物的存在。

王维这首诗之妙在于一个"空(kōng)"字。一片山峦,围出一片空(kòng)儿来。这个空,不是说空无一物,要牢记围出空儿的那个存在,两者合在一起构成一个空腔(chamber, Hohlraum)。人声虽然大约是米波,可以绕过树木等障碍物,但毕竟声音的强度会随着距离迅速衰减。在空旷的原野上,如果按照一般都市里人们说话的方式,你就能注意到那声音传不远。然而,在空山里,声音似乎得到了某种强化,显得更清晰。注意,王维说的是"但闻人语响"而不是"但闻人语声",用"响"字应该不是只是为了韵脚的选择。这就涉及波在腔中的行为了。

当一列波向远处传播遇到一个阻挡物时,如果这个阻挡物相对于波长足够大还足够平坦,更关键的是若它对这波的吸收能力弱,它就会把这波反射到特定的方向上去。你对着空山大喊一嗓子,如果对面有比较平直的峭壁,就会把声音部分地反射回到你所在的位置,让你听到自己刚才发出的声音,这就是所谓的回声。希腊人当年注意到了回声的现象,但不知道背后的原因,于是把它归因于一个山林小仙女。可怜的山林小仙女被天后赫拉施了诅咒,剥夺了她自主说话的能力,除

ἠχώ(echo),希腊神话中的回声小仙女

了重复别人给她说的最后一个字以外不能说话。后来,山林小仙女为了恋人那喀索斯之死伤心而绝,大地之母盖亚可怜她,保留了她的声音。山中有人说话被山林小仙女听见了,她就费力地重复那句话的最后一个字,这算是就着回声的现象给出了一个回声的发生机理。注意,一句话的回音最后一个字最清楚(我回来啦-啦-啦-啦),是因为它免除了同后继的入射波干涉的麻烦。回头再品评一下对山林小仙女的诅咒,就知道神话离科学有多近了吧。这个希腊神话中山林小仙女的名字是ἠχώ(echo),源自ἦχος(声音)一词。在英德法等语言中,echo(écho)就是回声的意思。

如果一个山壁面对着不太远处的另一面山壁,这山壁之间的声波及其反射波之间会发生干涉,甚至可能形成驻波。干涉的结果是有的地方声音得到了加强,而在有些地方声音受到了消弱。这就是为什么在山间略显空旷的地方,有的地方较安静而有的地方相当嘈杂的原因。声音得到加强的地方会让你觉得人怎么说话那么大响动啊,这就是所谓的"人语响"。

空腔对声波的加强与混响效果问题,那是专门的学问。二胡、提琴、笛子,说到底都是一个有漏洞的空腔。但那简单的腔里能流淌出美妙的音乐来。光也是波,光在一个空腔里的行为那更是超出想象地奇妙。一端全反射一端部分反射部分透射的电磁波谐振腔,漏出来的可能是一束激光;而对四壁全都发射光但一点儿也不反射光之空腔里的辐射(Hohlraumstrahlung),也叫黑体辐射(black-body radiation)的研究,愣是导出了量子论。更多内容参见拙著《黑体辐射》。

如果我们如诗人那般拥有一颗敏锐的心灵,注意到大自然中的点点滴滴并学会把它忠实地记录下来,也学着物理学家那样习惯性地往前多思考一步,我们会发现这世界真地很自然。

跋

终于草草结束了这本《物理视角读唐诗》的撰写。搁笔的那一刻，我就急不可耐地想整理整理这期间积累的感慨。

自从有了从物理的视角解读唐诗的想法，在我内心就生发了诗歌也是传递物理之有效途径的观念，遂于2022年6月14日信口胡诌了一首《物理学教感言》论物理的学与教，诗曰：

> 大道直如弦，不教婉转言。
> 惟光不知曲，空间复时间。

列位，这一首诗，单道学问如弦，讲究直，这也是物理学的最高原则——最小作用原理（least-action principle）——所要体现的。因此，这"教"字乃是双关语，既是说这物理之道其表述不容婉转言说，也是说教物理时请不要用婉转之言，直接切入主题方为正经。第二句是列举一例以佐证前一句，谓光是不知道何为弯曲的，光走的路线不管长啥样，它就是直线（的定义）。光是时空的连结，描述物理用的就是空间和时间。这"复"字也是双关语，不光是说空间还得加上时间（仿佛"今日复明日"之复），表示为$(x,y,z;t)$，而是说得用$a+ib$这样的复数才好，可表示为$(x,y,z;ict)$，甚至还得用比复数更复杂的数学结构，应该写成$(ict;x,y,z)$的形式并将之理解为双四元数，即四元数的标量部分与矢量部分之系数也都是复数。

读者朋友如果耐着性子读完了这本书，应多少能接受"物理固自然"的理念，欣然习练用物理的眼光去看世界，也会相信这世上的华章藻句必然闪烁着理性的光辉。诸君心中文理藩篱拔除，则文理兼通指日可待。吾中华少年们,这世界上有祖宗留下的优美唐诗,还有揭示大自然之奥妙的物理学,二者一并馈赠与汝,君家何其幸运也哉!"鱼我所欲也,熊掌亦我所欲也",谁说二者不可兼得,有量子力学叠加原理罩着呢!

诗与物理,有共通处。我说的,我信。

作者

2024年7月18日于北京

图片来源

第2页、第6页、第11页、第13页、第15页左、第19页、第22页、第25页、第26页、第29页、第31页左、第32页、第33页、第39页左、第46页、第48页、第50页、第52页下、第53页、第55页、第57页、第61页、第67页、第71页上、第75页、第79页、第80页下、第86页、第88页、第94页、第101页、第102页、第107页、第108页、第111页下、第113页、第114页、第116页、第119页右、第120页右、第122页、第123页、第127页、第131页、第132页、第137页、第138页、第142页、第144页、第145页、第147页上、第149页、第152页、第153页、第154页、第157页、第159页、第160页、第161页、第162页、第163页、第167页、第169页图：视觉中国

第91页、第110页图：壹图网

第42页左图：Hans Hillewaert，CC BY-SA 4.0（https://creativecommons.org/licenses/by-sa/4.0/）

第68页左图：https://www.askiitians.com/iit-jee-ray-optics/total-internal-reflection/

第69页图：Robert I Odom，https://www.newscientist.com/article/dn13494-first-unchanging-soliton-wave-found-in-space/

第92页图：NIST，https://www.nist.gov/news-events/news/1999/12/nist-f1-cesium-fountain-clock

第95页图：http://www.khadley.com/Courses/Astronomy/ph_207/topics/bigbang/

第105页下图：牧歌先生

第125页图：Johannes Bahrdt，CC BY 4.0（https://creativecommons.org/licenses/by/4.0/deed.en）

第126页图：RodJonesPhotography，CC BY 2.0（https://creativecommons.org/licenses/by/2.0/deed.en）

第134页图：J. Adam Fenster，https://hardscienceainthard.com/tag/diamond-anvil-cell/

第147页下图：Osamu Sano，https://www.researchgate.net/figure/Karman-vortex-street-at-Re-105-van-Dyke-1982_fig2_282135891

其余图片由作者及上海科技教育出版社提供，或为公版图片。

图书在版编目(CIP)数据

物理视角读唐诗 / 曹则贤著. -- 上海：上海科技教育出版社, 2025.3(2025.10重印). -- ISBN 978-7-5428-8391-9

Ⅰ.I207.227.42

中国国家版本馆CIP数据核字第20254CW402号

责任编辑　王怡昀
装帧设计　杨　静

物理视角读唐诗
曹则贤　著

出版发行　上海科技教育出版社有限公司
　　　　　(上海市闵行区号景路159弄A座8楼　邮政编码201101)
网　　址　www.sste.com　www.ewen.co
经　　销　各地新华书店
印　　刷　上海华顿书刊印刷有限公司
开　　本　720×1000　1/16
印　　张　12.25
版　　次　2025年3月第1版
印　　次　2025年10月第2次印刷
书　　号　ISBN 978-7-5428-8391-9/N·1250
定　　价　88.00元